小学館文庫

人情江戸飛脚 ひとり長兵衛

坂岡 真

小学館

目次

狂い咲き

一

梅雨は明け、川開きも近いというのに、空はどんより曇っていた。

申《さる》の七つをまわったばかりだが、あたりは暮れ六つのように薄暗い。

「ひと雨くるか」

影聞《かげき》きの伝次《でんじ》は、苦い顔で空を睨《にら》んだ。

「それにしても、ずいぶん遠くまで来ちまったぜ」

目黒碑文谷《ひもんや》の圓融寺《えんゆうじ》と言えば、黒塗りの「仁王さま」で知られる古刹《こさつ》だ。

江戸の中心からは、ほど遠い。南品川から目黒川に沿って、西へすすむ。

行人坂《ぎょうにんざか》を下って目黒不動までは足を延ばせても、そこからさきの碑文谷まではなかなか向かう気にならない。ただし、人目を忍んで逢《あ》いたい男女ならば、碑文谷くんだりまで足をはこんでもおかしくはなかろう。

伝次は、三十年増のほっそりした背中を追っている。

年増の名はおこう、身に纏《まと》う単衣《ひとえ》は茶のよろけ縞《じま》、帯は黒地に雷雲繋《つな》ぎ、左右に揺れるよろけ縞が傷ついた女心と重なってみえた。

圓融寺の山門手前、左右には須弥壇《しゅみだん》が築かれ、阿吽《あうん》の金剛力士像が安置されている。頷《うなず》いた吽形《うんぎょう》のほうが御利益《ごりやく》もありそうなので、参詣人の多くは嚙《か》んでぐずぐずになった紙礫《かみつぶて》をそちらに投げつけた。

紙礫が吽形の頭に当たれば頭は良くなり、目に当たれば眼病は癒え、胸に当たれば患いは除かれ、腹に当たれば癪《しゃく》も治る。そんな調子で御利益にあずかろうとする者たちがあとをたたず、哀れな「仁王さま」はすっかり斑《まだら》模様になりかわっていた。

黒塗りなので、斑は目立つ。

おこうも懐紙をちぎっては口にふくみ、くちゃくちゃさせながら須弥壇に歩みよった。

唾《つば》で濡《ぬ》れた紙礫を摘《つま》み、よろけ縞の袖をたくしあげ、えいっとばかりに投げつける。

狙《ねら》いが外れたら、鋭い気合いもろとも、また投げる。

懐紙をちぎっては口にふくみ、くちゃくちゃ、ぺっ、えいっ、を繰りかえす。的にされた「仁王さま」は、たまったものではない。

血走った眸子《まなこ》は、もうやめてほしいと懇願しているかのようだ。

おこうは京橋で足袋屋を営む「波や《なみ》」のお内儀《かみ》、亡くなった先代の養女で、亭主の市兵衛《いちべえ》は同じ足袋《たび》問屋仲間の「風《かぜ》や」に奉公する手代だった。

市兵衛はまだ四十の手前、なかなかの色男だ。

なれそめは、おこうのひとめぼれだったとか。

もっとも、それは市兵衛のはなしなので、あてにはならない。

いずれにしろ、商いを牛耳っているのは、抜け目のない亭主のほうだった。

おこうは控え目な性分なので、市兵衛に遠慮し、したいようにさせている。夫婦《みょうと》になって五年の歳月が流れており、奉公人たちもそれが当たり前になっていた。

おこうは、身持ちの堅いことで知られている。

「そいつが狂い咲きやがった」

と、市兵衛は疑った。

外に若い男をつくり、逢瀬《おうせ》を重ねているようだ。

その証《あか》しを握ってほしいと、伝次は依頼された。

尻の軽い女房の尻を追い、浮気の証しをつかむ。

人の嫌がることを探って、飯の種に換える。

それが影聞きだ。まっとうな商売ではない。

知りあいには「どぶ鼠《ねずみ》」と綽名《あだな》されている。

鉄砲女郎に「渋柿の渋」と笑われたこともあった。

そのとおり、役立たずの嫌われ者、見掛けも貧相な小男だ。

冷たい世間への恨み辛《つら》みが痼《しこ》りとなり、世の中を斜めに窺《うかが》う癖がついた。

誰に何を言われようが、食うためには他人の秘密を嗅《か》ぎまわるしかない。

「背に腹は替えられねえ」

京橋から品川廻《まわ》りではるばるやってきたのも、報酬の一両にありつくためだ。

依頼主の市兵衛は、おこうが不義をはたらいていたなら、間男ともども重ねておいて四つにすると息巻いている。

手代あがりの入り婿とはいえ、市兵衛に遠慮はない。

先代夫婦は疾《と》うに他界し、おこうには後ろ盾もいなかった。波やの身代《しんだい》をここまで肥《ふと》らせたのは自分だという自負もあるし、他人もそう認めている。不義をはたらいた女房を罰するのに何の遠慮があるものかと、市兵衛は鼻息も荒く吐きすてた。

「穏やかなはなしじゃねえな」

けれども、夫婦の仲がどうなろうと知ったこっちゃない。

「一両は不幸の届け賃、後は野となれ山となれ」

やるべきことをやるだけだ。

「きゃっ」

町娘の悲鳴があがった。

おこうの隣に立つ若旦那が叶形の左胸に紙礫を命中させ、見事、町娘の恋心を射止めたというわけだ。

「ちっ、浮かれやがって」

見栄えのする優男《やさおとこ》をみると、無性に腹が立ってくる。

そもそも、伝次はへっつい直しのこそどろだった。盗人《ぬすっと》にくらべれば、影聞きはましな商売かもしれぬ。が、世間はそうみない。盗人が仲間を売るようなものだと蔑《さげす》み、冷ややかな眼差《まなざ》しを投げかけてくる。

おこうについては、ざっくり下調べは済ませていた。

間男の名は伊助《いすけ》、堅気にはない暗さを秘めた優男らしい。

「ありゃ、まっとうな人間じゃないね」

と、教えてくれたのは、波やの女中頭だ。

伊助の顔も知らないのに、一分金をちらつかせたら、お内儀が入れあげた経緯《いきさつ》までみてきたかのように喋《しゃべ》ってくれた。

おこうは市兵衛とのあいだに子ができないことを思い悩み、雑司ヶ谷《ぞうしがや》の鬼子母神《きしもじん》で懐妊祈願のお百度を踏んでいた。祈願成就も間近になった如月《きさらぎ》末のある朝、風体の怪しい巨漢に襲われ、犯されそうになった。ところが、偶《たま》さか通りかかった伊助に救われ、九死に一生を得たのだという。

それが縁で、ふたりは深い仲になった。

三月《みつき》前のはなしだ。まだ日は浅い。

「狂い咲きだよ。三十年増ってのは男に溺《おぼ》れたら最後、行きつくところまで行くっきゃないのさ」

女中頭は神妙な顔で漏《も》らしたが、内心では、おこうの破滅を期待している様子だった。

他人《ひと》の不幸は蜜の味、それが雇い主のお内儀ならばなおのことだ。

繰りかえすようだが、おこうは身持ちの堅い女でとおっている。

「本性のわけないだろう」

女の情念とは底深いもの、やがてそれは業《ごう》となり、男どもを震えあがらせる。

「あんたも気をつけな」

女中頭は、意味ありげに流し目を送ってきた。

二

おこうは須弥壇から離れ、山門を潜《くぐ》った。

伝次は慎重に、痩《や》せた背中を追いはじめる。

圓融寺の境内には、大きな楠《くすのき》が聳《そび》えていた。

枝振りも立派で、青々と繁った葉が風に揺れている。

おこうは上体を強張《こわば》らせながら、楠の太い根元に近づいた。

行く手に、ちらりと人影が動く。

若い男のようだ。

「伊助だな」

伝次は狛犬《こまいぬ》の陰に隠れた。

隠れたつもりが、竹箒《たけぼうき》を握った寺男と目が合う。

「しっ、静かに」

口許《くちもと》に指をやると、寺男は黙ってこちらに背を向けた。

伊助とおぼしき男はおこうの手を取り、木陰へ誘いこむ。

伝次は狛犬の陰から飛びだし、独楽鼠《こまねずみ》のように駆けぬけた。

楠の根元に滑りこみ、聞き耳を立てる。

甘い囁《ささや》きは、聞こえてこない。

ふたりは何やら、もめていた。

「ねえ、お願い。これきりにして」

おこうだ。半泣きで懇願している。

「ふん」

伊助は相手にしない。

「これきりってわけにゃいかねえの。火遊びの始末はきちんとつけてもらわねえとな」

「堪忍して。お金はもう無理なんです」

「んなわきゃねえだろう。波やは江戸でも十指にへえる大店《おおだな》じゃねえか。へそくりが底をついたら、帳場の金をくすねてきな。お得意の色仕掛けで、番頭を誑《たら》しこむんだな」

「そんな」

「できねえとは言わせねえぜ。おれとの仲を旦那に知られたくなかったら、五十両もってきな」

「ご、五十両」

「へへ、奥の手を教えてやろうか。家作の沽券《こけん》は入り婿の旦那じゃなく、おめえが握ってるはずだ。そいつを質に入れりゃ、高利貸しからいくらでも借りられるぜ」

それだけは、死んでもできない。

京橋の家作は、大恩のある先代夫婦から託されたものだ。

「明後日《あさって》の暮れ六つ、ここで待ってるぜ。五十両、こさえてこい。できねえってなら、おめえの明日はねえ」

「明日がないのはわかってるよ」

きっぱりと、おこうは吐いた。

「あんだと」

「おまえさんとこうなっちまったときから、覚悟はできていたんだ」

「おいおい、何を言いだす」

「三十年増の狂い咲きさ、わたしとの道行きは、お嫌かい」

おこうが笑ったように感じられた。

凄艶《せいえん》な横顔を思い浮かべ、伝次は胴を震わす。

女は魔物、という誰かのことばをおもいだしたのだ。

伊助の声も、わずかに震えている。

「おめえ、まさか、匕首《あいくち》でも呑《の》んでるんじゃ」

「安心おし、おまえさんを刺しゃしないから」

「だったら、何だよ。まさか……おめえ、死にてえのか。旦那に死んで詫《わ》びるつもりか。んなことをすりゃ、波やの評判はがたおちだぜ。縁起のわりい足袋なんぞは履けねえってことになる。おめえは養女だ。先代夫婦に受けた恩は山よりも重えんだろ。死ぬなら、波やは潰《つぶ》せねえはずさ。おめえにだって、そのくれえの分別はあるよな。死ねば済むとおもったら、おおまちげえだぜ。でえち、遺《のこ》された者はいい迷惑さ。わかったか。金輪際、死ぬなんてことは考えるんじゃねえ」

「伊助さん、ひとつ聞いていいかい」

「な、何だよ」

「どうして、わたしを騙《だま》したの」

「もちろん、お金が欲しいからでしょうけど、少しはわたしに惚《ほ》れてくれたんじゃ」

「じょ、冗談じゃねえ。のぼせあがるんじゃねえぞ、この女《あま》」

「え」

はなしは、そこで途切れた。

いったい、どんな顔で向きあっているのか。

伝次は息を殺し、楠の根元からそっと離れた。

狛犬まで戻ると、さきほどの寺男が待ちかまえていた。

「他人の逢瀬を邪魔するもんじゃねえ」

ぶっきらぼうに言いすて、睨みつけてくる。

「しゃしゃり出やがって、このぐず野郎」

伝次は低く唸《うな》り、くるっと踵《くびす》を返した。

懐紙をちぎって口にふくみ、参道を戻る。

もやもやした気持ちが、どうにもおさまらない。

おこうは小悪党に騙され、強請《ゆす》られているのだ。

お百度参りで救われたのも企《たくら》みのうち、最初から仕組まれたことだったにちがいない。

伝次は山門を抜け、須弥壇に近づいた。

ぺっと、紙礫を吐きだす。

「えいっ」

無造作に投げつけた。

紙礫は唾を弾《はじ》き、吽形の目玉に命中する。

と同時に、優男の伊助が尻っ端折《しりぱしょ》りで山門を抜けてきた。

「へへ、うめえもんだ」

へらついた調子で捨て台詞《ぜりふ》を残し、四つ辻《つじ》の向こうに消えてゆく。

「くそっ、千三つ屋め」

ぎりっと、伝次は奥歯を噛んだ。

伊助も、他人の不幸を飯の種にしている。

そういう意味では同類だが、伝次は人として越えてはならない境目をわきまえているつもりだ。

——人殺しと盗みはやらない。

こそどろをやめたときに立てた誓いだった。

女心を盗んで騙そうとする優男は、どうにも許せねえ。

伊助を跟《つ》けねばならぬところだが、やめておいた。
気懸かりなのは、おこうのほうだ。
きっと、死にたいにちがいない。
いちど死を決意したら、呪縛から逃れられなくなる。
案の定、おこうは死神に遭ってきたような面《つら》であらわれた。
足取りはおぼつかず、雲上を歩いているかのようだ。
「見捨てちゃおけねえな」
伝次はひとりごち、よろけ縞の背中を追いはじめた。

物淋《ものさび》しい夕暮れだ。
門前町を抜けると畑がつづき、鴉《からす》どもが飛びかかっていた。
丘陵を横切る目黒川の土手が、うっすらとみえてくる。
ぽつぽつと、雨が降ってきた。
「まずいな」
前方を行くおこうのすがたが、ふっと消えた。

「やべえ」

伝次は駆けだす。

ばしゃっと、水音がした。

土手に駆けあがって汀《みぎわ》をみると、草履がきちんと揃《そろ》えてあった。

薄暗い川面《かわも》に目を移せば、おこうが首まで浸《つ》かっている。

「おい、待て、待ちやがれ」

伝次は土手を転げおちた。

帯を解き、褌《ふんどし》一丁になる。

「くえっ」

川の水は冷たい。

頭から飛びこみ、抜き手で泳ぐ。

泳ぎながら、おこうをさがした。

「どこだ、どこにいる」

ぶくぶくっと、おこうが沈んだ。

「はあっ」

伝次は息を深く吸い、弓なりに潜った。

水を蹴りつけ、目を剝《む》いて搔《か》きすすむ。

水底《みなそこ》に、藻のようなほつれ髪が揺れていた。

髪をつかんでたぐりよせ、水面に浮かびあがる。

「ぷはあ」

伝次は水を吐いた。

おこうは腕のなかで覚醒した途端、ばたばた暴れだす。

「阿呆《あほう》、静かにしねえか」

平手で頰《ほお》を張り、意識をしゃんとさせた。

仰向《あおむ》けに浮かせ、くの字にした腕をおこうの顎《あご》に引っかける。

さいわい流れは淀《よど》んでおり、伝次はどうにか汀まで泳ぎついた。

力が抜け、へなへなと頽《くずお》れる。

おこうも、びしょ濡れのからだを草叢《くさむら》に投げだした。

「くそっ、助けちまった」

伝次は吐きすて、濡れ髪の年増をみおろす。

おこうは歯の根が合わぬほど、震えていた。

おこうは高熱に浮かされ、立つこともままならない。

三

富沢町のぼろ長屋にはこびこむのもためらわれ、伝次は迷ったあげく、へっつい河岸《がし》の兎屋《うさぎや》を頼ることにした。

兎屋はちりんちりんの鈴音で知られる町飛脚、江戸の町をちょこまか駆《か》けまわる便利屋だ。渋墨に塗られた葛籠《つづら》の中味はさまざま、商人に託された書状から冠婚葬祭の案内状、金貸しの督促状から秘密めいた艶書《えんしょ》のたぐいまで、数えあげたらきりがない。

親方の浮世之介《うきよのすけ》は、一風変わった人物だ。

鰻《うなぎ》のようにつかみどころがなく、雲のようにふわふわと生きている。

三十を過ぎたばかりだが、若隠居を目論《もくろ》んでおり、不忍《しのばず》の池畔《ちはん》に「狢亭《むじなてい》」なる終《つい》の棲家《すみか》まで築いていていた。

ごろごろしながら上等な酒を呑み、興が乗れば三味線を爪弾《つまび》き端唄《はうた》を唄い、気の合う狢仲間を招いては四方山《よもやま》話に花を咲かせている。霞《かすみ》を食って生きる仙人でもあるまいに、ふざけた腑抜《ふぬ》け野郎だと、伝次は以前からおもっていた。

ただ、いっしょにいるだけで不思議と気持ちが和らぎ、ほんわかした気分にさせられ、しばらく逢わずにいると無性に顔がみたくなってくる。伝次にかぎらず、誰もがそんなふうに感じてしまうらしい。

「ひょっとしたら、人間の徳ってものかもしれねえ」

と言ったのは、兎屋の帳場を預かる番頭の長兵衛《ちょうべえ》だ。

へっつい河岸は元吉原《よしわら》のあった界隈《かいわい》だけに、淫靡《いんび》な残り香がただよい、小粋な芸者衆のすがたもちらほら見受けられた。川幅の広い浜町河岸にも通じ、堀川には荷を積んだ小舟が行き来している。

雨のそぼ降るなか、辻駕籠《つじかご》を飛ばした。

おこうを駕籠に乗せ、伝次は脇について走りつづけた。

酒手《さかて》は嵩《かさ》んだが、せっかく助けた命を失いたくはない。

びしょ濡れの伝次はおこうを背負い、兎屋の敷居をまたいだ。

帳場でうたた寝をしていた長兵衛が、間抜け面を向けてくる。

「お、誰かとおもえば、伝次じゃねえか」

「おっさん、ひとつ頼まれてくれ」

「嫌だね、御免蒙《こうむ》る」

「まだ何も言ってねえぞ」

「眠いんだよ。あとにしてくれ」

長兵衛はふわっと欠伸《あくび》をし、しょぼくれた眸子を擦《こす》った。

そして、入れ歯を剝き、にっと笑ってみせる。

「ま、聞くだけ聞いてやる。頼みってのは何だ」

「みてわからねえのかい、背中背中」

「女か、行き倒れじゃあるめえな」

「似たようなもんだ」

「だったら、連れて帰《け》えんな。うちは飛脚屋だ。行き倒れと厄介事は受けつけねえよ」

「そりゃねえぜ。ひとが困ってるってのによ」

伝次は悪態を吐《つ》き、おこうをどさりと床におろした。

「お、ご新造かい」

迷惑そうな長兵衛の顔が、ぱっと輝いた。

「なかなかの別嬪《べっぴん》じゃねえか。年増だな。三十をちょいと出たあたりか」

「んなことはどうだっていい。熱があるんだよ」

「そいつはいけねえ」

長兵衛はおこうの額に手を当て、すぐに引っこめた。

「とんでもねえ熱だ。しかも、着物がびしょ濡れじゃねえか。早く脱がしてやれ、何してやがる」

「脱がすって、おいらがか」

「手伝ってやるよ」

長兵衛は雷雲繋ぎの帯を解き、しゅるるっと腰から引きぬいた。

よろけ縞のまえがはだけ、白い肌があらわになる。

と、そこへ。

丁字《ちょうじ》の芳香が迷いこんできた。

「あんたら、何やってんのさ」

匂いの主が啖呵《たんか》を切った。

「どういう料簡《りょうけん》で、そのひとを手込めにしてるんだい」

兎屋の女房、おちよである。

年は十九、ほっぺたのぷくっとした可愛《かわい》い娘だ。

「おや、誰かとおもえば、影聞きのお兄さんじゃないか。番頭さんとふたりで何やってんのさ」

「早とちりしちゃいけねえ。行き倒れの年増を介抱してんだ。濡れた着物を脱がしてやらねえと、風邪ひいちまうだろ」

「もう、ひいちまってるよ。額に膏汗《あぶらあせ》掻いて、うんうん唸っててんじゃないか」

おちよは島田髷《まげ》に鼈甲《べっこう》の櫛簪《くしかんざし》を挿し、眉は青剃《あおぞ》りに剃りおとしていた。裾に花菖蒲《はなしょうぶ》を散らした粋な着物の褄《つま》を取り、板間にあがりこんでくる。

「着替えはわたしがやるよ。番頭さん、とっととお医者を呼んできな」

「よし、まかせとけ」

長兵衛は尻をからげ、外に飛びだしていった。

そこへ、九つかそこらの小僧が飛びこんできた。

「おや、徳《とく》ぼん。ずいぶん遅いお帰りだねえ」

「ふん、糸切れ凧《だこ》に言われたかないわ」

徳松《とくまつ》は鼻を鳴らし、ふてくされた面で奥へ引っこむ。

兎屋の惣領《そうりょう》でもある徳松にとって、おちよは母親というよりも姉のようなものだ。

「近所の悪がきどもと喧嘩でもしたんだろうけど。どうしてあんな、ひねこびた子になっちまったんだろ」

すかさず、伝次は応じてみせる。

「きまってんだろ、父親のせいさ」

小耳に挟んだことがあった。徳松は手習いの師匠に、浮世之介は実の父親ではないと、涙ながらに訴えたことがあったらしい。

「生まれついての呑太郎《のんたろう》、ろくにはたらきもせず、後生楽にふわふわと生きてやがる。そんな父親が、子どもにゃ許せねえのさ。徳松がひねこびるのは無理もねえはなしだぜ」

「あんたに言われたかないね。旦那さまのことを悪く言うんなら、金輪際、兎屋の敷居はまたがせないよ」

「よく言うぜ」

伝次は長兵衛に教えられた逸話をおもいだした。

三年前の師走《しわす》、おちよは稲荷《いなり》の鳥居のしたで子犬みたいに震えているところを、浮世之介に拾われた。拾われて居座り、いつのまにか女房になったのだ。

ちゃきちゃきした元気者だが、糸の切れた凧みたいなところがあった。自分より若い男を追いかけて家出をしてはふられ、何日か経《た》って、しょぼくれた面《つら》で帰ってくる。浮世之介から月の手当てを貰《もら》い、今は玄冶店《げんやだな》で独り暮らしをしていた。

「ま、いいさ、許したげるよ。ところで、この女のひと、行き倒れってほんとうかい」

「いいや、行き倒れじゃねえ」

「だったら、何なのさ。まさか、旦那さまの浮気相手とか」

「おいおい、気をまわしすぎだぜ」

笑いかけたところへ、艶《つや》っぽい端唄が聞こえてきた。

「やなぎ、やなぎで世をおもしろう、ふけて暮らすが命の薬、今宵《こよい》も婀娜《あだ》な姐《あね》さんと差しつ差されつ、しっぽり濡れる……」

伝次とおちよは顔を見合わせ、近づく唄声に耳を澄ます。

からんころんと、鉄下駄《てつげた》の音も聞こえてきた。

浮世之介である。

肥えだした腹を引っこめようと、鉄下駄を履いて歩きまわっているのだ。

同じ長さを歩いても掻く汗の量がちがうので、かなり効き目はあるらしい。

莫迦《ばか》げたはなしだが、鉄下駄はいざというとき武器になる。

そのことは、伝次だけが知っていた。

「……どうせ、この世は男と女、気に入らぬ風はやなぎと受けながし、狢のように生きりゃいい」

微酔《ほろよ》い顔の浮世之介が、戸口にひょいと顔を出した。

「ども、親方」

「おや、伝次かい」

団子髷に銀簪《ぎんさん》の横挿し、白地の着物の胸や裾には紫陽花《あじさい》が豪華に咲いている。

あいかわらずの、かぶきようだ。

「狢亭からのお帰りで」

「薬研堀《やげんぼり》さ。ほら」

浮世之介は、鯉《こい》をぶらさげていた。

「今年一番の大物だぜ」

鯉を高々と翳《かざ》し、赤ん坊のような顔で笑う。

おちよが、つんと口を尖《とが》らせた。

「釣りあげたのは、鯉だけかい」

「おや、おちよ、ずいぶん引っかかる物言いじゃねえか」

「だって、ほら」

浮世之介の覗《のぞ》いたさきに、着替えさせたおこうが横たわっていた。

「ほう、これはこれは、美味《おい》しそうなご新造だ」

「このひとのこと、ご存じないの」

おちよの問いかけに、浮世之介は悪戯《いたずら》っぽく笑ってみせる。

「さあ、どうだろうな」

「ふざけるんじゃないよ」

おちよは駒下駄をつっかけ、浮世之介の胸に飛びこんだ。

「ばか、ばかばかばかばか」

泣きべそを掻きながら、外に飛びだしてゆく。

いれちがいに、長兵衛が町医者を連れてきた。

「あ、親方」

「おう」

「何やら、怒って出ていっちまいましたね」

「いつものことさ。淋しくなりゃ、すぐに帰えってくる」

「仰《おつしや》るとおりで、へへ」

「ときに長兵衛、そこに寝ていなさるご新造は、どなただい」

「伝次が背負ってめえりやした。行き倒れを助けたんだとか」

「そいつは殊勝な心懸けだ。ひとつ、鯉のあらいでも馳走《ちそう》してやるか。なあ、酢味噌《すみそ》で食ったら絶品だぜ」

浮世之介は微笑《ほほえ》み、ぺしょっと鯉を床に置く。

一片の鱗《うろこ》が跳ね、おこうの火照《ほて》った頬に貼りついた。

四

伝次は野暮用を済ませ、夜遅く兎屋に戻ってきた。

帳場には行灯《あんどん》が灯《とも》り、長兵衛はうたた寝をしている。

「けっ、また寝てやがる。しょぼくれ茄子《なす》め」

耳を澄ませば、壁一枚隔てた隣部屋でおこうが寝息をたてていた。

さきほどは気づかなかったが、黒光りした大黒柱が斑模様にかわっている。

「紙礫じゃねえか」

伝次の独り言を聞きつけ、長兵衛が目を醒《さ》ました。

「ん、伝次か」

「おっさん、あれは何だい」

「紙礫だよ、もう半月になる」

「誰がやった」

「親方にきまってんだろう」

「大黒柱の御利益にでもあずかろうってのか」

「暇潰しだよ。きっかけは、どこかの半可通さ」

「半可通」

圓融寺で町娘に騒がれていた若旦那をおもいだした。

「おめえなんぞの知らねえ相手さ。その半可通、何をやらせても中途半端なんだが、どうしたわけか、若え娘にもてやがる。調べてみたら、特技がひとつあった。印地打ちよ」

「印地打ち」

「石でも紙礫でもいい。ともかく、そいつを狙ったところに当てやがる。百発百中さ。よせばいいのに、うちの親方は茶屋の余興で若僧に勝負を挑んだ。中庭の石灯籠《いしどうろう》に紙礫を投げ、灯明《とうみょう》を消したほうが勝ち、くだらねえ勝負さ」

「親方は負けたのかい」

「ああ、負けた。翌日から、大黒柱はあのざまだ。大黒柱だけじゃねえ。庭木はぜんぶ斑模様になっちまったし、塀や壁もあらかたそうなった。はじめのころは掃除をしたが、そのうちに面倒になってやめちまった」

「あいかわらず、くだらねえことをやってやがる。ところで、親方は」

「茶屋に行ったよ。深川の表櫓《おもてやぐら》に立つ紅殻格子《べんがらごうし》の楼閣さ。そこで、半可通の若旦那と性懲りもなく勝負をやるんだとよ」

「阿呆にもほどがあるぜ」

「まあな。でも、どうでもいいことを真剣にやるってのが、親方のいいところさ」

「おれはそうはおもわねえ。商売人は真面目でなくちゃ、客や奉公人にしめしがつかねえじゃねえか。どっちにしろ、兎屋は番頭で保《も》ってるようなもんだな」

「ところがどっこい、そいつはちがう。やっぱし、親方あっての商い、浮世之介あっての兎屋さ」

「ぷらりとあらわれたのが、たしか、八年めえだったなあ」

「ああ、先代に気に入られ、いつのまにか二代目におさまっちまった。そのころを知るのはおれだけだが、親方の素姓は聞かされてねえ」

頑固一徹の先代が、墓場までもっていったという。

「そのはなしは聞いたぜ。あんな呑太郎でも、深川や柳橋の茶屋あたりじゃもてるんだろう」

「そうなんだよ。役者なみの色男でもねえし、あのとおり、奇妙な団子髷にかぶいた風体《なり》だが、垢《あか》抜けた年増なんざ、いちころさ。でもな、当の本人は女に執着がねえ。寄ってこられたら身を躱《かわ》し、逃げ水みてえに逃げちまう。そこがまた、女にゃたまらねえのよ。好いた相手に逃げられたら、追いかけたくなるのが心情ってもんだろう。おちよだってそうさ。ああやって若え男を追いかけるのは、半分は親方の気を引きてえためにきまってる」

「ふうん」

「親方のそばにいてえとおもうのは、なにも、おちよだけじゃねえ。おれだってそうだ。ことばじゃうまく言えねえが、親方のそばにいると何やらこう、ほんわかしてくる。癒されるんだよ」

そのはなしも、耳に胼胝《たこ》ができるほど聞いた。

「ところで、おっさん、親方は何か言ってたかい」

「何かって」

「おこうの件だよ。経緯をはなしてやったろう」

「おう、そうだ。波やの市兵衛旦那なら、顔見知りだと言ってたぜ。深川や柳橋あたりでよく見掛けるんだとよ」

「ほう」

「そうとうなすけべ野郎でな、気に入った芸妓《げいぎ》がいると、金にあかせて褥《しとね》の世話までやらせるらしい」

「けっ、嫌な野郎だぜ。それなら、女房が不義をはたらいても文句は言えねえな」

「がよ、おめえが圓融寺の境内で目にしたとおりのことを告げれば、市兵衛は三行半《みくだりはん》を書くだろうって、親方は言ってたぜ」

「ああ、わかってる。市兵衛は抜け目のねえ男だかんな。おこうは天涯孤独の身だ。波やを逐《お》われたら、帰えるところはねえ」

「おめえ、お内儀に肩入れしてんのか」

「そんなつもりはねえさ」

「おっと、むきになりやがったな。まさか、お内儀に惚れたんじゃあんめえな」

「莫迦言うない」

「おれは常々、そいつを心配えしてるんだ。影聞きが探った相手に惚れたんじゃ、洒落《しゃれ》にならねえぜ。と、言ってはみたものの、おめえは心配えなさそうだ。なにせ、その猿顔だかんな、相手が歯牙にも掛けねえ。ま、遅かれ早かれ、間男の件は市兵衛の知るところとなるだろう」

「どうして」

「伊助とかいう千三つ屋、狙いは市兵衛のほうじゃねえのか。おれにゃそんな気がする。お内儀が狂い咲いたと噂《うわさ》されりゃ、外聞がよくねえ。商人てのは何よりも、世間体を気にするからな」

「そこにつけこみ、大金を強請りとる腹か」

「ああ」

どっちにしろ、おこうの運命は真っ暗だ。

「何とかしなくちゃならねえ」

「おやおや、やっぱし世話を焼く気かい。厄介事が嫌えなおめえにしちゃ、めずらしいじゃねえか」

「乗りかかった舟だよ」

「それなら、お内儀本人に戻る気があんのかねえのか、まっさきに、そいつを確かめなくっちゃな」

「戻りたくねえと言ったら」

「そっとしておくにかぎる」

とはいえ、兎屋にいつまでも置いておくわけにもいかないので、頃合いをみはからって檀那寺《だんなでら》にでも預けるしかあるまい。

「それとも、狢亭の家守《やもり》になってもらうか」

すでに、家守はひとりいた。

武家出身の薄幸な女で、香保里《かほり》という。

伝次が秘《ひそ》かに恋心を寄せる相手だった。

「おっさん。事情《わけ》ありの女を背負いこんだら、狢亭は家守だらけになっちまうよ」

「そりゃそうだ」

「ともかく、波やの一件、どうにかしねえと」

「おめえがそこまでご執心なら、親方も神輿《みこし》をあげてくれるかもな。でもよ、こっちが動かずとも、市兵衛のほうで痺《しび》れを切らすんじゃねえのか」

「痺れを」

「重ねておいて四つにするとか息巻いても、んなことはできっこねえさ。お内儀をでえじにおもうんなら、行方を捜そうとするはずだろ。旦那が情けをみせてやりゃ、お内儀の気持ちだって変わるかもしれねえ。冷えきった汁を温めるには少しばかり時が要るとな、親方も仰ってたぜ。おれもそうおもう。焦りは禁物さ」

「でもよ、小悪党どもは待ってくれねえぜ」

「そこだな」

「親方は何て」

「別に」

「やる気がねえのかな」

「おめえ次第さ」

「え」

「おめえがどうしてもやりてえんなら、手を貸してやってもいい。口には出さねえが、親方はそうおもっていなさる」

「そうかい」

伝次は、ほっと溜息《ためいき》を吐いた。

厄介事も嫌いだし、お節介焼きも性に合わない。しかし、このまま放っておけば夢見が悪くなる。

「お、そうそう」

長兵衛が、苦りきった顔でこぼした。

「親方よりもな、おちよがやる気になっちまった」

「え、おちよが」

「お百度でも踏んでやろうか、だってよ。どうする」

おちよはみずから囮《おとり》になり、伊助の仲間にわざと襲わせようとおもったらしい。

「そいつは、まずいんじゃねえか」

「たしかに、危ねえな。でも、おちよは言いだしたら聞かねえところがある」

「親方は何て」

「親方は知らねえよ。知っても止めやしねえさ。やりたきゃ、やれってなもんよ」

「そんな。おちよのことが心配じゃねえのかい」

「厄介事を持ちこんだおめえが、気にすることじゃねえ」

びしっと釘《くぎ》を刺され、伝次は怯《ひる》んだ。

「そりゃまあ、そうだけどよ」

「心配《しんぺ》えするな。おちよがやるとなりゃ、親方も放っちゃおかねえさ。おめえは、伊助と親しくなるんだよ」

「それは、親方からの伝言かい」

「いいや、親方ならそう考えるってことさ。懐刀《ふところがたな》のおれが言うんだから、まちがいねえっての」

長兵衛はしょぼくれた男だが、嘘《うそ》は吐かない。

亀の甲より年の功と本人も言うとおり、たいていの読みは当たる。

乗るしかねえと、伝次はきめた。

五

おこうは三日三晩昏々《こんこん》と眠りつづけ、四日目に目を醒ました。

浦島太郎にでもなった気分だろう。伝次に助けられたことさえ、正直、うろおぼえのようだった。

気がつくにはついたものの、目は死んだ魚のようだ。

本気で伊助に惚れていたのだなと、伝次はおもった。

それならそれで、いっそう怒りは募る。

おこうは伊助と連絡《つなぎ》を取る場所だけは教えてくれた。

文月《ふづき》二十六夜の月待ちで知られる高輪《たかなわ》の舟宿、名は「かわず屋」という。

昏《くら》い空には眠ったような月が浮かんでいた。

蒸し暑い夜だ。

裸足《はだし》で砂浜を歩きたい気分だった。

伊助はひとり、舟宿の二階で酒を呑んでいた。

窓辺からは、砂浜をのぞむことができる。

松林の切れ目には、漁師小屋がみえた。

伊助は泊まりになると、かならず添い寝の相手を欲しがる。

敵娼《あいかた》を紹介するのは女将《おかみ》の役目だが、仲立ちとなる抱え主は何人かいた。そのうちのひとりになりすまし、伝次は伊助に近づいた。

「えへへ、女将に言われやしてね、旦那の好みを直《じか》にお聞きしてこいと、ま、そういうわけで参上いたしやした。あっしは伝次と申しやす。敵娼は痩せたのに肥ったの、化粧が濃いのからすっぴんまで、よりどりみどり揃えておりやすが、どういたしやしょ」

「年はずんと上がいい」

「若旦那はおいくつで」

「二十一だよ」

「なら、三十からでも」

「そうしてくれ。細面《ほそおもて》で目は切れ長、歌川国貞《うたがわくにさだ》の美人画にあるような、猫背で薄幸そうにみえる女がいい」

「国貞ねえ」

「おっとそれから、色白でなくちゃだめだ。渋皮が剝けるほど擦った肌がいいのさ」

「渋皮が剝けるほど」

伝次は、おこうのすがたを浮かべていた。

「妙だとおもうかい。じつは、死んだおっかさんに似ているんだよ」

「え、おっかさんに」

「国貞の描く女がさ」

「あ、なるほど」

「おっかさんは目黒村の地主の娘だった。何不自由のない暮らしをしていたが、小作人の若い男とできちまって、家をおんでたのさ」

貧乏な長屋暮らしをはじめ、やがて、伊助が生まれた。

生まれた途端、小作人あがりの父親はすがたを消した。

母親は乳飲み子を抱えながら、春をひさいで暮らしたが、伊助が七つになったとき、胸を病んで逝った。

「おれは、意地でも実家に戻らなかった母親を偉《えれ》えとおもう」

だから、添い寝の相手は母親に似た女でなければならない。

いまだに、伊助は母親の面影を追いかけているのだ。

おこうもおそらく、母親と似ているにちがいない。

伝次はわずかに心を動かされつつも、媚《こ》びた笑いを顔に貼りつけた。

「ところで、若旦那、ずいぶん金まわりがよさそうでやんすね。いってえ、何をなさってておいでで」

「堅気の商売さ。盗人か何かだとおもったかい」

「ええ、へへ」

「勘ぐってもらっちゃ困る。足袋を売っているのさ」

「足袋を」

「そうだよ。ほら、町奉行所のお役人が履く裏白の紺足袋があるだろ、あれはほとんど家《うち》で卸しているのさ」

「そいつはすげえ」

嘘だとは知りつつも、伝次は大仰に驚く。

「何がすごいんだい」

「お役人の足を商売にしていなさるんでしょ。そいつは睾丸《きんたま》を握ってるのもいっしょだとおもいやしてね」

「おかしなことを言うねえ」

「お近づきのしるしに、一杯頂戴できやせんかね」

「いいとも。こっちへ寄りな」

「へい」

伝次は膝で躙《にじ》りより、貰った盃《さかずき》をすっと干した。

「いい呑みっぷりだね」

「へへ、若旦那、あっしはどうも勘違いをしていたようだ。若旦那が堅気だとはおもいやせんでしたよ」

「そうかい」

「足袋でおもいだしたんだが、三月ほどまえ、波やっていう足袋屋のお内儀が雑司ヶ谷の鬼子母神でお百度を踏んでいて、通り者に襲われたんだとか。そこを救ってやった男と抜きさしならねえ仲になり、たいそう困っているとかいねえとか、そんなはなしを小耳に挟みやしたよ」

伊助は眸子を剝き、盃を取りおとす。

「おめえ、そいつをどこで聞いた」

「蛇の道はへび。こういった商売をしておりやすと、いろんな噂が耳に聞こえてめえりやす。お百度を踏んで通り者に襲われたんじゃ、目も当てられませんや。そういや、もうひとつおもいだした。同じ鬼子母神で昨日からお百度を踏んでるご新造がおりやしてね。おちよっていう兎屋のお内儀なんだが、これがたいそうな別嬪で」

「兎屋」

伊助の眸子が、きらっと光る。

それを確かめ、伝次はつづけた。

「兎屋ってのは、へっつい河岸にある町飛脚でやんすがね、金をごっそり貯《た》めこんでいるって噂で。店はしっかり者の番頭で保《も》っておりやす、へい。親方の浮世之介ってえのが箸《はし》にも棒にも掛からねえ怠け者、こいつの性根をなおそうと、若女房が百度石と賽銭《さいせん》箱のあいだを往復してるってなわけで。そういや、おちよっていう若女房も、国貞の錦絵から抜けだしてきたみてえな美人ですぜ。まだ若えが、肌は淡雪みてえに白《しれ》え」

伊助は、ぐっと睨《ね》めつけてきた。

「そのはなし、乗らせてもらうぜ」

「え。乗るって、堅気の若旦那が何に乗るんです」

「おれは堅気なんかじゃねえ。ほんとうは腹黒い烏賊墨《いかすみ》野郎でな」

「烏賊墨ですかい、そいつはめえったな。まさか、兎屋の女房を拐《かどわ》かそうとか、そんなことをおもいついたんじゃありやせんよね」

「勾引《かどわかし》は天下の大罪、しくじる公算も大きい。それより、もっとうめえ手がある」

「うめえ手」

「若女房を誑《たら》しこむのさ。この面でな」

伊助は地金をさらし、自分の頬をぴしゃぴしゃ叩《たた》いた。

「どうだい、役者顔だろ」

「ええ、色男でやんすね」

「色悪《いろあく》さ、年増はいちころだよ」

「おちよは、まだ十九ですけど」

「腕が鳴るぜ。伝次さんよ、おれに下駄を預けねえかい、金を稼がしてやるぜ」

「足袋を預けるんですかい」

「下駄だよ、足袋じゃねえ」

「へへ、駄洒落でやんすよ、若旦那」

「その若旦那ってのはやめてくれ。伊助でいい。おれたちはもう仲間だ」

「じゃ、あっしのことも、伝次と呼びすてに」

「ああ、わかった。伝次、おめえには、丑蔵《うしぞう》って男を紹介してやる。身の丈は六尺余り、重さは三十貫目、元相撲取りの通り者さ」

「ひょっとして、足袋屋のお内儀を襲ったのも」

「察しがいいな。やったな、丑蔵だよ。そのあとで、このおれがお内儀を誑《たぶら》かした。身持ちの堅え商家のお内儀ほど、落としやすい相手はいねえ。なにせ、旦那との仲は冷えきってやがる。独り寝の淋しい褥のうえで泣き明かす夜は数知れず、女の自分を取りもどしてえ、一生に一度くれえは狂い咲きてえと、心の底では願ってやまねえのさ。逢瀬に誘い、ちょいと酔わせてな、こうして手を握りながら、浮いたことばのひとつも囁いてやりゃ、いちころさ」

伊助は伝次の手を握り、片目を瞑《つむ》ってみせる。

「うへっ」

気色《きしょく》悪くなり、伝次は手を振りはらった。

むかっ腹を立てつつも、へらついた顔で酌をする。

「おいらは何をすりゃ」

「丑蔵とおれがぜんぶやる。おめえはそばでみてるだけでいい。この一件がうまくいったら、また別のカモを探そう。おめえは、カモ探しが得意そうだ。どうでえ、乗るかい」

「へ、へえ」

「迷ってんのか。ここまで喋らせておいて、そりゃねえだろう。さ、腹をきめな。やるのか、やらねえのか、はっきり返事しろい」

伊助は片膝を立て、裾をめくりあげた。

鼻先に餌《えさ》を垂らされ、我慢できなくなったのだ。

ふん、引っかかりやがったな、若僧め。

伝次は横を向き、ほくそ笑んだ。

六

雑司ヶ谷、鬼子母神境内。

夏暁《なつあけ》のひんやりした空気に、白い頰を晒《さら》している。

身に纏う単衣は茶のよろけ縞、襟元からは鹿《か》の子《こ》の中着が覗いていた。

おこうにわざと似せてみたが、おちよにしてみれば地味な扮装《いでたち》だ。

櫛簪も控え目にし、化粧も紅も薄い。

それでも、自分が素になれたようで、どことなく心地好《よ》い。

太い枝から乳房を垂らした大銀杏《おおいちょう》が、朝靄《あさもや》に沈んでいる。

おちよは泳ぐように、甃《いしだたみ》を踏みしめた。

裸足の足は冷たいが、心はなぜか温かい。

最初はぎこちなかったものの、百度石と賽銭箱のあいだを何度も往復するうちに、演じている気分ではなくなってきた。

「旦那さま」

たとい、偽りのお百度参りとはいえ、浮世之介のためにやっている。

そのことが嬉《うれ》しい。

心の底では慕っているからこそ、こうした気分になるのだ。

不義理をかさねつつも、心はいつまでも離れられずにいる。

惚れっぽい性質《たち》は持って生まれたもので、治そうにも治せない。世間からは「枇杷《びわ》葉湯《ようとう》みてえな尻軽女」と、きめつけられている。悲しいけれども、そのとおりだ。

しかも、惚れた男には遊ばれるか、飽きられるかして、すぐに振られてしまう。そのたびに、泣き腫《は》らした目で兎屋に帰ってゆく。ところが、二、三日もすると、また浮気の虫が疼《うず》きだし、ふらりと店を出てしまう。

「その繰りかえし」

惨めで情けないおもいばかりしてきた。

それでも、めげないのは、浮世之介が広い心で包んでくれるからだ。

どれだけ裏切ろうとも、穏やかな眼差しで迎えてくれる。

それが何よりも、得難いことのように感じられた。

「わたしは今、本気でお百度を踏んでいる」

おこうからは「子どもが欲しい」という切実なおもいを聞かされた。

「子どもか」

こうしていると、自分も同じ気持ちになってくる。

徳松は我が子も同然だが、腹を痛めた子ではない。

できれば、浮世之介の子が欲しい。

そうおもった途端、頬がぽっと赤くなった。

「いけない、いけない」

余計なことを考えているときではない。

可哀相《かわいそう》なおこうは、敬虔《けいけん》な気持ちを踏みにじられた。

伊助とかいう小悪党に騙されたのだ。

騙されたおこうを、誰が責められようか。

伊助は危ういところを救ってくれた。それが偽りだと気づいたのは、惚れてしまったあとだった。優男に惚れてしまう女の気持ちが、おちよにはよくわかる。旦那との仲が冷えきってしまった淋しい女房ならば、なおさらのことだ。

おちよのなかには、言い知れぬ憤りが渦巻いていた。

女心の弱さにつけこむ悪党が憎くて仕方ない。

「許すもんか」

おちよは甃を踏みしめ、何度も同じ台詞を口走った。


一方、伝次は木陰から、おちよのすがたを見守っていた。

隣には伊助がおり、もうひとり、丑蔵もいる。

丑蔵は見上げるほどの巨漢だった。

江戸のとっぱずれで辻強盗をしていたが、数年前から伊助と組み、金満家のお内儀を騙してきた。

「間近で丑蔵をみたら、卒倒しちまうだろうぜ。へへ」

伊助は段取りを説明した。難しいはなしではない。丑蔵がおちよに襲いかかり、小脇に抱えて本堂裏手の笹藪《ささやぶ》に連れこむ。帯を解き、手込めにしかけたところへ、伊助が助けにはいるという筋書きだ。

「伝次、おめえは高みの見物としゃれこんでりゃいい」

「お内儀を助けたあとは、どうするんだい」

「その場で誘わねえのがミソさ。恩を売っておき、突っぱなす」

日をあらためて、別の場所で逢うというのだ。

「相手に惚れさせなくちゃならねえ。惚れさせちまえばこっちのもんだ。打ち出の小《こ》槌《づち》を手に入れたも同じさ」

「なあるほど」

伝次は感心したふりを装い、参道に目を移す。

おちよはちょうど、百度石を巡ったところだ。

俯《うつむ》き加減で甃《いしだたみ》を渡り、賽銭箱に向かってゆく。

「さ、従《つ》いてきな」

丑蔵に、ぱしっと肩を叩かれた。

「おめえはあっちだ。百度石のそばに立ち、女が逃げねえように見張ってな」

「わかったよ」

ふたりは参道で別れた。

おちよはとみれば、賽銭箱の手前まで近づいている。

くるっと振りむいた鼻先に、巨漢の丑蔵が立っていた。

「ひゃあああ」

帛《きぬ》を裂くような叫びが響き、靄《もや》がさあっと晴れた。

おちよは抗《あらが》う暇もなく、あっけなく丑蔵の小脇に抱えられた。

伝次は息を呑む。

「こうしちゃいられねえ」

まんがいちのときに備え、笹藪には浮世之介が隠れているはずだ。

が、それでも、おちよが危ない目に遭っているのは変わりない。

伝次は飛ぶように駆け、丑蔵のもとに迫った。

背後から、伊助も押っ取り刀でやってくる。

「やめて、やめてえ」

本堂の裏手から、おちよの叫びが聞こえてきた。

演技ではない。本物の叫びだ。

笹藪に投げだされ、丑蔵に覆いかぶさられている。

浮世之介はどこに。

周囲をみまわしても、それらしき人影はない。

「くそっ、頼りにならねえ野郎だぜ」

おちよはまさに、帯を解かれようとしていた。

と、そこへ、伊助が駆けよせてくる。

「待ちやがれ、この野郎」

気《き》っ風《ぷ》の良い啖呵を切り、爪先で丑蔵の尻を蹴った。

「痛っ、こいつ、何さらす」

丑蔵が尻をさすりながら、首を捻《ひね》った。

伊助は低く身構えた。

「てめえのほうこそ、何してやがる」

「美味《うま》そうな女だ。手込めにしちまうのさ」

「悪党め、許さねえぞ」

「ほざけ」

丑蔵が両手をひろげ、上から襲いかかった。

伊助は太い腕を取り、柔術の要領で放りなげる。

巨漢が宙に浮き、背中からどしゃっと地に落ちた。

伊助はおちよを庇《かば》いつつ、丑蔵を睨《ね》めつける。

とんだ猿芝居だ。

「ぬごっ」

丑蔵は立ちあがり、頭から突進してきた。

石頭でぶちかまし、一気に勝負をつける腹だ。

伊助はひらりと躱し、丑蔵の股間を蹴りあげた。

「にゃっ」

巨漢は情けない声を発し、苦しげに蹲《うずくま》る。

「でかぶつめ、どう逆立ちしても、おれにゃかなわねえさ。麻布はゑ組の纏い持ち、仏の伊助とはおれのことだ」

胸の空《す》くような啖呵を切り、歌舞伎の立役《たちやく》ばりに睨みを利かせる。

「お、おぼえてやがれ」

丑蔵は背をまるめ、こそこそ逃げだした。

「ふん、一昨日《おととい》来やがれってんだ」

伊助は胸を張り、おちよに手を貸してやる。

「ご新造《しんぞ》さん、平気かい」

「は、はい」

「帯を解かれるめえに馳《は》せ参じてえところだったが、ちと遅かった。堪忍してくれ」

「何を仰います。お陰様で命拾いいたしました」

おちよはことばに詰まり、涙ぐんでみせる。

上目遣いの眸子《まなこ》が、ほの字になっていた。

「おいおい、惚れるんじゃねえぞ」

伝次はおもわず、つぶやいた。

少し離れて見守っているのだが、ふたりの目には映っていない。

おちよはおもわせぶりに、伊助の袖を引いた。

「あの、ゑ組の纏い持ちって、ほんとうですか」

「はは。そいつは口から出まかせだ。纏い持ちだったことはあるが、ゑ組じゃねえ。のっぴきならねえ事情《わけ》で足を洗ったのさ。ご新造さん、事情は聞かねえでくんな」

事情ありの男に、女は弱い。

目のまえの相手は見栄えのする色男、しかも、火消しの纏い持ちといえば男のなかの男だ。江戸の女なら、はなしかけてもらっただけでも舞いあがる。

おちよは舞いあがっていた。

これが演技なら、相当なものだ。

脈ありだぜと、伊助は片目を瞑ってみせる。

伝次は、溜息をつきたくなった。

「伊助さん、また逢ってもらえませんか」

などと、おちよは食いさがっている。

伊助に異存など、あろうはずもない。

「それじゃ、明晩、高輪の舟宿で逢うってのはどうだい。舟宿の名はかわず屋だ」

「かわず屋さんですね」

おちよは恥じらいながらも、こっくり頷《うなず》く。

蜜を滴らせた柚花《ゆばな》のごとく、可憐《かれん》な面持《おもも》ちだ。

伝次はおもわず、浮世之介のすがたを捜した。

やはり、人影はない。

いつまで隠れてやがる。

なぜ、この場で勝負をつけないのか、伝次にはわからなかった。

七

小悪党を泳がすには、泳がすなりの理由がある。

たとえば、裏の事情を探りだしたいときなどだ。

しかし、この件に裏があるとはおもえなかった。

小悪党が金欲しさに、大店のお内儀を誑かしたにすぎない。

「ま、親方の気まぐれだろうよ」

と、長兵衛も言った。

第二幕は翌夕、伝次は伊助とともに「かわず屋」へ向かった。

「おめえにも、首尾をみせてやらねえとな」

約束の刻限は、疾《と》うに過ぎている。

「あの若女房、待ちわびているだろうさ。へへ、焦《じ》らせるのも手の内だ」

伊助は舟宿の急な階段を登り、二階へ踏みこんだ。

後ろ姿の女がくの字なりで、窓の外を眺めている。

暮れなずむ空はどす黒く、凶兆を感じさせた。

「おちよかい」

伊助が優しく声を掛ける。

と同時に、部屋の隅で何かが動いた。

伝次は気づいたが、伊助は女に気を取られている。

窓際に座った女が振りむいた。

「あっ」

伊助は息を呑んだ。

「おめえは」

おちよではない。

おこうだ。

窶《やつ》れた顔の三十年増が、力なく微笑んでいる。

後ろから、別の女の声が掛かった。

「おい、小悪党」

振りむけばそこに、おちよが立っていた。

「あ、おめえ……こ、これはいってえ、どういうこった」

「教えてあげようか」

おちよは懐手で歩みより、つんと胸を張る。

「罠《わな》に填《は》めたんだよ。女を騙して金を強請る小悪党をね」

「あんだと」

伊助は懐中に手を突っこみ、匕首を抜いた。

白刃《はくじん》が閃《ひらめ》き、妖しい光を放つ。

「死にさらせ」

言うが早いか、伊助はおちよに突きかかった。

「あっ」

伝次は一歩遅れた。

やられた。

目を瞑る。

ひゅんと、空気を裂く音が聞こえた。

紙礫がふたつ、糸を引くように飛んでくる。

「ぬへっ」

伊助が床にひっくり返った。

「み、みえねえ。目がみえねえ」

なるほど、両目に紙礫が埋まっている。

伊助は痛がりつつも、匕首を振りまわした。

その手首を、大きな手がぎゅっとつかんだ。

「うえっ、だ、誰でえ」

暗がりからのっそりあらわれたのは、派手な着物を纏った浮世之介だ。

匕首を奪いとるや、刃を上に向け、伊助の鼻下にあてがった。

「動かねえほうがいい、鼻が殺《そ》げちまうよ」

紙をくちゃくちゃ嚙みながら、のんびりはなしかける。

伊助は目に蓋《ふた》をしたまま、石仏のように固まった。

「色男が台無しだな」

「て、てめえは誰だ」

「おちよの亭主さ」

「げっ」

伊助の眸子から、紙礫が剝《は》がれおちた。

「ふっ、目から鱗ってなもんさ」

「助けてくれ……た、頼む」

伊助は眸子をしょぼつかせ、必死に拝んだ。

「おちよ、どうする、許してやるかい」

「だめだよ」

おちよはあっさり、首を横に振った。

浮世之介は肩をすくめ、凄味《すごみ》のある顔で笑いかける。

「残念だったな」

伊助の腕を搦《から》めとり、逆しまに捻りあげた。

「う、い、痛え……くそっ、あとで吠《ほ》え面掻くなよ」

「ほほう、妙なことをほざいたな。でも、おめえさんにゃ、あとがねえ。相棒の巨漢は、目黒川に架かる太鼓橋の欄干から吊《つる》しておいた」

行人坂の坂下だ。行人坂といえば、明和の大火がよく知られている。火元は坂の途中にある大円寺《だいえんじ》、物乞い坊主の火付けであった。

「丑蔵のやつが、火付けをやったのは自分の先祖だとうそぶいたもんでな、太鼓橋に吊すのがちょうどいいとおもったのさ。おめえも仲良く吊してやろう。けちな盗人でございという捨て札を添えてなあ」

身のためだよ」

「勘弁してくれ」

「町奉行所のお役人が嫌でも調べてくれるはずさ。調べには素直にしたがったほうが身のためだよ」

「て、てめえ、おぼえてやがれ」

伊助はひらきなおり、憎まれ口をたたく。

おやと、伝次はおもった。

助かるあてでもあるのだろうか。

と、つかのま、伝次の目に火花が散った。

「ぬえっ」

浮世之介に、拳骨《げんこつ》で頰を擲《なぐ》られたのだ。

わけがわからぬまま、床に吹っ飛ぶ。

天井が、ぐるぐるまわっていた。

浮世之介の笑顔が、ぬっと差しだされた。

「おめえさんも仲間なんだろう」

仕方なく、頷いてやる。

伊助に気取《けど》られぬように配慮したのだと、ようやくわかった。

何でそんなことをするのか、さっぱりわからない。
どうせ、伊助は捕まる身なのだ。
それにしても、本気で撲ることはなかろうに。
痛すぎて、涙が滲《にじ》みだす。
頬骨が折れたかもしれない。
もう一発やられたら、逝っちまうな。
伝次は、意識が遠のいてゆくのを感じた。

八

皐月《さつき》二十八日、川開き。
ぼんという筒音を合図に、漆黒の空は大輪の花で彩られる。
大橋や永代橋《えいたいばし》は花火見物の客で夕方からごった返していた。
一方、目黒川に架かる石の太鼓橋は閑散としたものだ。
花火の音すら聞こえてこない。
欄干から吊されたはずのふたりは、いつのまにか、すがたを消していた。

お上に捕縛された形跡もない。

妙だとはおもったが、浮世之介の指示にしたがって放っておいた。

あそこまで痛めつけておけば、お礼参りに来る気はおこすまい。

そうはいっても、気に懸かる。

伊助の吐いた台詞が、伝次の耳から離れない。

——あとで吠え面掻くなよ。

骨は折れていなかったが、頬の腫れはひどく、疼きもおさまらない。

冴《さ》えない頭であれこれ考えても、はなしの筋はみえてこなかった。

一方、おこうは兎屋で厄介になったまま、波やに戻ろうか戻るまいか、ずっと悩みつづけている。

伊助に騙されたとはいえ、不義をはたらいたことは事実だ。

不義が発覚した町屋の女房は、厳しく罰せられても文句は言えない。

無論、世間体を憚《はばか》り、たいていは穏便に事を済ませる。相手が素人《しろうと》なら七両二分の首代を払わせて済ますところだが、小悪党ならはなしは別だ。いくばくかの手切れ金を払って仕舞いにするしかない。

おこうとしては、正直に罪を告白して許しを請うか、黙って店を出るしかなかった。

どちらを選んでも、地獄が待っている。
助け船を出せるのは、亭主の市兵衛しかいない。
寛大な心をみせてほしいものだと期待したが、伝次の探ったかぎりでは、市兵衛に
その気はなさそうだった。
おこうが失踪してからも、夜毎《ごと》、深川や柳橋で遊び呆けている。
昼は平気な顔で商いに精を出し、奉公人たちにも「お内儀は温泉へ静養に行った」
などと告げていた。
そうしたなか、耳を疑いたくなるようなはなしが舞いこんできた。
深川で懇意にしている茶屋の女将が、浮世之介に告げたのだ。
女将によれば、幾月か前、市兵衛は風体の怪しい二人組を連れ、何度か遊びにきた
ことがあったらしい。
「聞き捨てならねえはなしでやんすね」
伝次は兎屋の帳場脇に座り、浮世之介と差しむかいで酒を呑んでいる。
いくら呑んでも酔わないのは、頬の疼きのせいだ。
長兵衛は夏風邪をこじらせて寝込み、おちよが看病していた。
おこうはまだ快復しきっておらず、隣部屋で寝息をたてている。

浮世之介は泰然と構えているが、伝次は急《せ》く気持ちを抑えかねた。

「親方、そのふたりってのは、どんな連中なので」

「ひとりは細身の優男、もうひとりは六尺を超える巨漢だそうだ」

伊助と丑蔵にまちがいない。

伝次は、思案投げ首で唸った。

「まさか、ふたりは波や市兵衛とつるんでいたと」

「そうなるな」

「するってえと、この一件にゃ裏があった。狂い咲きの絵を描いたのは、市兵衛ってことになりやしませんか」

「そんなとこだろう」

「でも、どうして。江戸で十指にへえる大店の主人が、自分の女房を狂い咲かせなきゃならねえんです」

「そこさ。狢仲間に事情通がいてな」

と漏らし、浮世之介は上等な酒を舐《な》めた。

「その御仁によると、市兵衛は誰かにそそのかされて米相場に手を出し、大損をこいちまったらしい」

「ほほう」

「そのかした野郎ってのは、誰だとおもう」

「さあ」

「風やの主人、与右衛門《よえもん》だよ」

「風やといやあ、そもそも、市兵衛が奉公していたさきでやしょう」

「五年前まではな。腐れ縁さ。今じゃ横並びだが、そこはむかしの雇い主と奉公人、市兵衛は与右衛門に頭があがらない」

与右衛門は、波やの沽券を質に入れる条件で、市兵衛に大金を貸した。

「なるほど。市兵衛は借りたくもねえ金を借り、張りたくもねえ相場に注《つ》ぎこんで大損をこかされた。こいつは臭えな、最初から仕組まれたはなしみてえだ。親方、風やの与右衛門は波やの家作を奪うために、市兵衛を騙したんじゃねえんですかい」

「いい読みだ」

京橋を斜《はす》にのぞむ「波や」は垂涎《すいぜん》の立地、同業者の「風や」なら咽喉《のど》から手が出るほど欲しい家作のはずだ。

しかし、ひとつだけ大きな障害があった。

「おこうだよ。家作の沽券を握っていたのさ。波やの家作を他人に譲るには、おこうの同意がいる」

「なるほど、さしもの市兵衛も沽券だけは手にできなかったわけか」

「入り婿だからな。おかげで、与右衛門の狙いはちょいと狂った」

おこうの同意を得るには、本人を説得するか、世間の誰もが納得できる理由で店から放逐するか、ふたつにひとつしかない。

市兵衛は、放逐する手を選んだ。

伊助と丑蔵を金で雇い、おこうを破滅に追いこもうとした。お内儀を波やから放逐し、家作の沽券を奪ったうえで、風やに譲るという卑劣な図を描いたのだ。

「そうしろと、与右衛門に入れ知恵されたのかもな。波が呑まれて風が立つ、ってなわけさ」

おおかた、市兵衛は脅されたにちがいない。

金が返せなければ命を奪うと脅され、禁じ手を打った。

自分ひとりが生きながらえるために、魂を売ったのだ。

「市兵衛は、おこうを罠にはめようとした。家作を与右衛門に譲っても、いくばくかの金は手許にのこる。そいつを抱え、どこか遠くへ逃げる腹なんだろう」

「汚え手を使いやがって。親方、懲らしめてやりやしょうぜ」

「待ちな、焦るんじゃねえ。今言った筋が正しいかどうか、もう少し調べてみなくちゃならねえ。どうだい、やってみるかい」

「合点承知」

花火の筒音も消えると、へっつい河岸は水を打ったように静まりかえった。

壁一枚隔てた向こうからは、おこうの苦しげな息遣いが聞こえていた。

九

おこうのすがたが消えた。

浮世之介との会話を、壁一枚隔てた向こうで聞いていたのだ。

夫の企みを知り、矢も楯《たて》もたまらず、真偽を糺《ただ》したくなったにちがいない。

――お世話になりました。この御恩はけっして忘れません。

御礼の置き手紙とともに、袱紗《ふくさ》に包んだ書状が残されていた。

開いてみると、まぎれもなく、波やの家作の沽券状であった。

「とんでもないものを預かっちまったぞ」

発したのは、病みあがりの長兵衛だ。

おこうは夫の企みを糺し、真実ならば店から逐う気だろう。
無論、市兵衛と対峙《たいじ》したところで、まともな返答は得られまい。
それどころか、危ういことになりかねないと、伝次はおもった。
肝心なときにかぎって、浮世之介はすがたを消していた。
下手《へた》に騒がれても困るので、おちよには相談できない。
頼りになるのは長兵衛だが、帳場から離れるわけにはいかなかった。
伝次は仕方なく、ひとりで波やにやってきた。
市兵衛とは面識がある。
こうなれば、直におこうの行方を探るしかない。
「腹を決めたぜ」
肩に余計な力がはいっている。良くないことの前兆だ。
広い敷居をまたいで案内を請うと、幸運にも市兵衛は店に居た。
奉公人たちは、ふだんと変わらぬ顔で忙しそうにはたらいている。
裏事情に精通する女中頭は、表口にいない。
ほどなくして、離れに通された。
中庭に咲く紫陽花《あじさい》は枯れ、紅白の皐月《さつき》が咲いている。

目を奪われていると、市兵衛が疲れた顔であらわれた。

「影聞きの伝次かい、ご無沙汰《ぶさた》だったね」

「面目ござんせん、ご報告が遅れちまって」

「いいのさ」

市兵衛は絹地の裾をぱんとたたき、床柱のまえに正座する。

「旦那、いいってのはどういうこってす」

「おこうのことはもういい。済んじまった」

「済んじまったんでやすか」

「ああ。おまえさんに告げられるまでもなく、あれが何をやったかはわかった。本人の口から聞いたのさ、不義不貞のあらましをな」

「あらら」

伝次は驚いてみせ、ここぞとばかりに食いさがる。

「旦那、それで、お内儀をどうしちまったんです」

「あるところに隠した。が、おまえさんにゃ関わりのないことだ。それより、ちょうどよいところに来てくれた。ひとつ、頼まれてくれないか」

「何でやしょう」

「おまえさんを男と見込んでのお願いだ」

「旦那の御用なら、何なりとやらしてもらいやすぜ」

歯の浮くような台詞を口走ると、市兵衛は嬉しそうに頷いた。

「そうかい。なら、もっと近くに寄ってくれ。遠慮はなしだ」

「へい」

伝次は四つん這《ば》いで畳を滑り、息がかかるほど近くに寄った。

「なら、言おう。へっつい河岸の兎屋まで行って、沽券状を奪ってくれぬか。できれば、相手に悟られぬようにな」

「そんなこと」

「できないのかい」

伝次は狼狽《うろた》えていた。市兵衛の口から「兎屋」の名が漏れたことも驚きだが、沽券状を盗んでこいというのは、あまりにも芸がなさすぎる。切羽詰まっている証しだろう。

「沽券状が兎屋にあるってのは、たしかだ。おこうの口から聞いたのだからな。おこうのやつめ、わたしの命が懸かっていると言ったら、あっさり教えてくれたのさ」

「なるほど」

「とある筋から聞いたよ。おまえさん、へっつい直しのこそどろだったというじゃないか。それなら、書状を一枚盗むことくらい朝飯前だろう。もちろん、ただでとは言わないよ。やってくれれば、五十両出そう」

「五十両も」

「驚いたかい。波やの沽券状にはね、何千両もの価値があるんだよ。だから、死人《しびと》も出るのさ」

「死人。まさか、お内儀は」

「死んじゃいない。隠したと言ったろう。が、死人にならぬともかぎらぬ。わたしだって同じだ。沽券状が手にはいらねば、窮地に立たされる」

「旦那が窮地に」

「ああ。連中は沽券状とおこうの身柄と、両方を欲しがっているんだ。ふたつとも手に入れれば、わたしなんぞは用無しだ。それがわかっているから、何とか助かる手だてを講じなければならないのさ」

「助かる手だて」

「影聞きのおまえさんが頼りなんだよ」

「はあ」

「三日以内に沽券状を手に入れておくれ。手に入れたら、その足で新橋の風やに向かうのだ」

「風やさんですかい」

胸騒ぎをおぼえつつも、伝次は冷静さを装った。

「風や与右衛門に沽券状を渡してほしいのさ。どうだい、やってくれるかい」

「へ、へえ」

「浮かない顔だね。無理もあるまい、妙な頼みだからな」

「やりやす。旦那の御用なら何なりと……そう、約束しやしたから」

「ならば、与右衛門への口上はこうだ。てめえが欲しいもんを届けてやる。持ってけどろぼうとね、そう伝えてくれりゃいい」

「持ってけどろぼう、でやんすね」

「ああ」

「旦那は、どうなさるので」

「江戸なんぞに未練はない。ふん、江戸どころか、この世にだって未練はないさ」

などと、ほざきつつも、死ぬ勇気はない。

残り金を抱え、上方《かみがた》にでも逃げる気なのだ。

店を放りだし、女房を見捨て、身ひとつで逃げおおせる腹にちがいない。

「ついでだ。与右衛門に伝えておくれ。あんたに受けた恩は冥途《めいど》に逝っても忘れない。ああ、忘れるものか、の恨み。三代さきまで呪ってやる、とね。こうでも言わなきゃ気が済まない。くそっ、おこうには可哀相なことをした。最初から、こうするつもりではなかったのだ。わたしは、あれに惚れていた。ほんとうさ。惚れていっしょになった仲だが、欲に目が眩《くら》んだばっかりに、こんなことになってしまった」

じゅるっと、市兵衛は洟水《はなみず》を啜《すす》る。

同情は湧かない。ひとりだけ助かり、しぶとく生きながらえようとしている男に同情などするものか。

市兵衛を許すわけにはいかないが、本当の悪党は別にいた。

風やの主人、与右衛門である。

「金に汚い古狸《ふるだぬき》さ、あの男は」

市兵衛はかつての雇い主を、憎々しげにこきおろす。

「しかも、町奉行所のお偉方にも顔が利く」

伝次には、ぴんときた。

与右衛門が金にものを言わせ、吟味方の与力あたりに袖の下を使い、伊助と丑蔵を逃がしたのだ。伊助たちの口から悪事のからくりが漏れたら、市兵衛の立場が危うくなる。そうなると家作も入手困難になるので、裏から手をまわしたにちがいない。

伝次は苦い汁でも呑んだような面で、あれこれ考えをめぐらせた。

「旦那、お内儀はどこに隠したので」

「切り札はそれだ」

沽券状はあっても、おこうの同意が得られなければ、京橋の家作を手に入れることはできない。

「うまく逃げおおせたら、連中に報《しら》せてやるつもりだ」

「今は教えていただけねえので」

「あたりまえだろう。与右衛門に百両出すと言われたら、おまえさん、喋らない自信はあるかい」

「ありやせんね」

「だろう。改心したとはいえ、所詮、おめえさんはへっつい直しのこそどろ、盗人根性は死ぬまで抜けまい。ほれよ」

市兵衛は子犬に餌でも与えるように、小判を一枚抛《ほう》ってみせた。

「そいつは前金だ。残りの四十九両は、沽券状を与右衛門に手渡してくれたらあげよう」

「どうやって、金の受け渡しをするんです」

「檀那寺を訪ねてきておくれ」

市兵衛は、谷中《やなか》にある古刹の名を口にした。

「住職に言伝《ことづて》してくれれば、わかるようにしておく。やってくれるね」

「承知しやした」

伝次は頭をさげ、小判を拾った。

犬になったようで、嫌な気分だ。

早々に、波やをあとにした。

市兵衛も言ったとおり、与右衛門はおこうの同意を欲しがっている。

家作譲渡の書面に、印を捺《お》させたいのだ。

拇印《ぼいん》ならば、遺体でも捺させることはできる。

禍々《まがまが》しいことを想像し、伝次は首を強く振った。

ともあれ、おこうの所在を突きとめねばなるまい。

十

おこうが葬られる運命にあることは、容易に想像できた。
伊助との不義が表沙汰になるのを恐れ、みずから命を絶ったことにすればよい。
適当に遺書をつくり、遺骸は古寺の古木の幹から吊しておけばそれで済む。
足袋屋のお内儀、首を縊《くく》って一件落着。
捺印《なついん》は死人のものでも書面は書面、お上に届けでれば家作の権利は認められよう。
伝次は京橋を渡って、へっつい河岸をめざした。
川沿いにまっすぐすすみ、炭町《すみちょう》のさきを左手に曲がる。
あとは楓川《もみじがわ》に沿って江戸橋まで行き、小網町のさきから思案橋を渡ればたどりつく。
今日は朝から曇り空、一日中夕暮れのような浮かない天気だ。
八つ刻《どき》だというのに、人も町も影が薄い。
伝次は炭町のさきを左手に曲がり、正木町《まさきちょう》までやってきた。
川を挟んで右手には、松平越中守《えっちゅうのかみ》の長屋門がつづいている。
右斜め前方には越中殿橋が架かっており、怪しい人影がひとつ急ぎ足で渡ってくる。

伝次はすかさず、反対側の露地に身を寄せた。

刹那《せつな》、尋常ならざる殺気が近づいた。

刃風とともに、閃光が鼻面を舐める。

「うひぇっ」

鋭利な先端が頬を撫《な》でた。

「鼠め」

厳《いか》つい髭面《ひげづら》が、ぬっと突きだされてくる。

浪人者だ。

伝次は顎を震わせた。

「おぬし、何者だ」

「へ」

「へ、ではない。波やから跟《つ》けてきたのだぞ」

「あ、怪しい者じゃござんせん」

「そうはみえぬがな」

「で、出入りの行商でごぜえやす」

「足袋の行商か。荷を担いでおらぬではないか」

「ほ、本日は商談のみで。し、信じてください。番頭さんにご用事が」

「そりゃそうだろう。行商ごときに、波やの主人が会うはずもなかろうからな。が、おぬしは嘘を吐いておる」

「へ」

「おぬしが離れに通されたことを、小僧に聞いた。市兵衛に会っておったのだろう。言い逃れはできぬぞ。さ、素姓を吐け」

「深川の茶屋の、け、消炭《けしずみ》でごぜえやす」

「消炭という と、女郎屋の使い走りか」

「ま、そのようなもんで」

伝次は必死に、口からでまかせを並べた。

「波やの旦那さまが、千代奴《ちよやっこ》っていう芸妓に岡惚れしちまって。身請けしてえなんて軽口を叩きなすったもんだから、千代奴は真に受けちめえやしてね。身請けしてもらえなけりゃ、死んでやると抜かす始末で」

「それで、どうなった」

「死にかけやした。厠《かわや》の梁《はり》に帯を吊して」

「梁が折れたか」

「へえ、何しろ安普請でやんすから」

「で」

「死ねないのなら、せめて真心をお届けしたいと、千代奴は髪を切りました」

「髪か、指でなくてよかったな」

「波やの旦那もそう仰いやした」

「なるほど。とんだ勘違いだったらしい」

「そのようで」

浪人は刀をおさめ、酒臭い息を吐きかけてきた。

「妓楼の名を教えろ。今宵、用事を済ませたら行ってやる。揚がり代も酒も女も只《ただ》にしとけ。できぬというなら、首を置いていけ」

浪人はそう言い、納めた刀の柄《つか》に手を掛ける。

「か、勘弁しておくんなさい。ぎ、妓楼の名は、牡丹楼《ぼたんろう》にござります」

「牡丹は疾うに散ったぞ。ふん、死に損ないめ。今日は誰かを斬りたい気分だが、どぶ鼠は斬るまい。刀の銹《さび》になるだけだ」

「へ、ありがとさんで」

「去《い》ね。わしの面前から消えうせろ。ぬはは」

伝次は大笑を背中で聞きながら、独楽鼠《こま》のように走りさる。
横町を抜け、殺気が消えたところで立ちどまった。
がくっと、膝が抜ける。
恐怖で全身が震えた。
「まちげえねえ」
風やに雇われた用心棒だ。
今宵、用事があると言っていた。
おこうの所在を突きとめたのかもしれぬ。
あの男は、刺客《しかく》として送りこまれるのだ。
「くそっ」
何としてでも、おこうを助けねばならなかった。

十一

伝次は浮世之介に相談すべく、池之端《いけのはた》の「狢亭」にむかった。
めざす屋敷は無縁坂の坂下、中島《なかじま》弁財天社を見下ろす笹藪の奥にある。

笹藪に足を踏みいれると、人の気配が立った。

丈の高い草が揺れ、ざんばら髪の男が顔を出す。

「うわっ」

「ひぇっ」

ふたりで悲鳴をあげ、同時に腰を抜かした。

相手は無精髭を生やした若僧だ。

眸子《まなこ》は窪《くぼ》み、血走っている。

「お、おめえ、伊助じゃねえか」

変わり果てたすがたになっていた。

「そう言うあんたは、伝次かい。こいつは天の助けだ」

伊助は腹の虫を鳴らし、力なく笑った。

もはや、立つ気力もなさそうだ。

「丑蔵が殺《や》られた」

「何だって」

「助けてくれ。おめえ、兎屋の親方と知りあいなんだろう」

「どうしてそれを」

「おちよのはなしを持ちこんだのは、おめえだ。おめえが兎屋の仲間なら、辻褄《つじつま》は合う」

「まあ、いいや。順序立てて、はなしてみな」

「風やのところにゃ、おっかねえ用心棒がひとりいる。韮沢陣九郎《にらさわじんくろう》というんだが、こいつがとてつもなく強え」

薩摩《さつま》藩の脱藩者で、自顕《じげん》流の遣い手らしい。

「あの丑蔵が、一撃で仕留められた」

生木を裂くように、まっぷたつにされたという。

「おこうから沽券状を奪えず、おれたちは用無しになった。そのうえ、太鼓橋から吊されちまった」

裏のからくりを知る伊助と丑蔵は、最初から葬られる運命にあった。

「おれは、恐ろしくなって逃げた。逃げつづけて気づいてみたら、ここに来ちまった」

「吊した相手のもとへか」

「ほかに頼るところがねえ」

「狢亭のこと、誰に聞いた」

「むかし、聞きかじったことがあった。狢亭は駆込寺のようなもの、進退窮まって訪ねてみれば、きっと助けてもらえるとな。調べてみたら、狢亭の亭主が何と、浮世の旦那だった。伝次さん、あんたなら知ってるはずだ。あのお方はただ者じゃねえ。お上の隠密か何かかい」

「おれの知るかぎり、そんなんじゃねえな」

「だったら、何者だ」

「ただの狢野郎さ。ときたま、腹の虫が騒ぎだす」

「腹の虫」

「ああ。虫の正体は、おれさまにもよくわからねえ。ともかく、おめえみてえな小悪党を許しちゃおけねえ性分なのよ」

「やっぱし、助けちゃくれねえかな」

「まず、だめだろう」

「おこうの居場所を知ってるぜ」

「莫迦野郎、そいつを早く言え」

「教えたら、浮世の旦那に繋いでくれるかい」

「だめもとで頼んでやる。おめえが性根を入れ換えるってなら、親方も相談に乗ってくれるはずさ」

「頼んます、兄い」

兄いと言われて頼りにされれば、悪い気はしない。

「で、お内儀はどこにいる」

「漁師小屋さ。ほら、かわず屋の二階からみえたろう」

「そういや、松林のなかにあったな」

海釣りのねじろにするつもりで、市兵衛が安く買った。

廃屋同然の漁師小屋に、おこうは繋がれているのだ。

「たぶん、連中もお内儀の居場所を知ってるぜ」

「どうしてわかる」

「市兵衛がわざと泳がされていたからさ」

「連中はお内儀をどうする気だ」

「脅しつけ、家作を譲る同意書に判を捺させる。嫌だと言ったら、強引な手を使うだろう」

「殺《あや》めるってのか」

「十中八九な」

「許せねえだろう。だからよ、居場所を教えてやったんだぜ」

「調子のいいことを抜かすな」

「半分は本気さ」

「ふん、お内儀を騙した野郎が、いまさら何を抜かす」

「信じちゃもらえねえだろうが、おれは今でも惚れているんだぜ」

「莫迦抜かせ」

「自分でも不思議なのさ。でも、こうなってみて、自分のほんとうの気持ちがわかった。千三つ屋の伊助としたことが、情を移しちまったんだよ」

「百歩譲ってそうだとしても、おめえの気持ちは通じねえぜ。いちど裏切られた男のことを、信じられるとおもうか」

「そいつは五分五分だ。女ってのは何度でも、男に騙されてえとおもってる。そうした生き物なのさ」

「若僧のくせに、わかったようなことをほざきやがって」

「あんたに、女心はわからねえ」

「わかりたくもねえや」

「ひでえ連中だ」

「かりかりしなさんなって。さ、うまいこと、浮世の旦那に繋いでくれ」

ふてぶてしさを取りもどした伊助をしたがえ、伝次は狢亭に向かった。

笹藪を抜けると、竹垣に囲まれた瀟洒《しょうしゃ》な平屋がみえた。

玄関の扁額《へんがく》には「狢亭」とある。

「ひとつだけ言っとくぜ。狢亭の家守は事情ありの後家さんだ。色目を使ったら、承知しねえぞ」

「浮世の旦那のこれかい」

伊助は小指を立てる。

「そんなんじゃねえ」

伝次はふてくされながら、竹筒を槌で叩いた。

すると、脇の簀戸《すど》が音もなく開いた。

顔を出したのは、歯抜け婆《ばば》だ。

「うっ、おめえ」

「おぼえてるかい。花売り婆のおろくだよ」

「なんで、おめえが」

「美人の後家さんは食中《しょくあ》たりでね、お医者に行って留守なのさ。偶《たま》さか花を売りに寄せてもらったら、浮世の旦那がぜんぶ買ってくれた。そのかわりに、家守を頼まれたってわけさ。わかったかい、ぬひゃひゃ」

おろくは歯のない口で、不気味に笑う。

「影聞きのお兄さん、あんた、あの後家さんにほの字なんだろう。恋心を隠したら、からだによくないよ。屁《へ》を溜《た》めておくようなもんだ。ほら、あんたの守護ノ霊も、肩のうえで頷いておられるよ」

そういえば、おろくには霊がみえるらしい。

「んにゃろ、ふざけるない」

「ぬひゃ、照れなすったね。後ろのお兄さんも笑ってるよ」

伊助は後ろで、笑いを嚙み殺している。

おろくが奥へ引っこむと、弾けたように嗤《わら》いだした。

「とんだ家守があったもんだぜ。へへ、笑いすぎて腹が痛えや」

「ふん、死ぬまで笑ってやがれ」

伝次は不機嫌に言いはなった。

十二

皐月晦日《つごもり》、夜。
松林がざわめいている。
波の音しか聞こえてこない。
漁師小屋は潮風にさらされていた。
伝次はひと足さきにたどりつき、小屋へ忍びこんだ。
龕灯《がんどう》を点《つ》ける。
淡い光のなかに、茶のよろけ縞が浮かびあがった。
「お内儀、おこうさん」
呼びかけると、白い肌が蠢《うごめ》いた。
おこうは後ろ手に縛られ、鎖で大きな錨《いかり》に繋がれている。
「今、助けてやるからな」
伝次は近づいた。
藁床《わらどこ》には水を張った瓶《かめ》と、握り飯が三つ置いてある。

握り飯はすでに腐っていた。
おこうはこの小屋で、丸二日も放置されていたのだ。
からだは、すっかり弱りきっていた。
それでも、眼差しはしっかりしている。
死の誘惑から逃れ、生きぬこうと決意した者の目だ。
「待ってくれ、すぐに助けてやる」
伝次の役目は、一刻も早くおこうを救うことだ。
悪党退治の主役を担うべき浮世之介は、来るのか来ないのかはっきりしない。
伊助が案内役を買ってでたことが、どうやら、気に食わない様子だった。
それでも来てくれるものと信じ、伝次はこうしてからだを張っている。
「くそっ、外せねえ」
重い錨を引きずるわけにもいかず、鎖を断つ以外に救う手だてはなさそうだ。
ところが、小屋のなかを眺めまわしても、使えそうな道具はなかった。
伝次は舟宿まで走り、裏口から薪《まき》割り用の鉈《なた》をくすねてきた。
ぐずぐずしてはいられない。
韮沢陣九郎もやってくるはずだ。

漁師小屋に舞いもどり、どうにか鎖は断った。

が、おこうは歩くこともままならない。

「立てるか、ほら、腕を寄こせ」

背に負って小屋を出た。

途端に、足をとられる。

砂地を歩みはじめると、前方の闇《やみ》が揺らめいた。

「おい、どこに行く」

重厚な声が響いてきた。

十間《じっけん》と離れていない砂浜に、韮沢陣九郎が佇《たたず》んでいる。

「くそっ、来やがった」

伝次は、浮世之介を恨んだ。

「肝心なときに居やがらねえ」

さくっ、さくっと、砂を噛む音が近づいた。

伝次はおこうを降ろし、背に庇う。

韮沢が足を止めた。

「ふうん、誰かとおもえば、あのときのどぶ鼠か。やはり、斬っておくべきだったな」
伝次は観念した。
相手は自顕流の達人、どう逆立ちしても歯が立たない。
急に命が惜しくなった。
こうなれば、おこうを見捨て、ひとりで逃げるしかない。
「お内儀、すまねえ」
と、発したところへ。
背後から、鋭く叱る者がある。
「逃げるな、伝次」
「あ」
浮世之介だった。
いつのまにか、波打ち際に立っている。
江戸前の海の荒波を小舟で乗りきってきたのだ。
後ろで櫂《かい》を握っているのは、白鉢巻きの伊助だった。
韮沢が片眉を吊りあげる。
「ほほう、伊助ではないか。ありがたい、おぬしを捜す手間が省けた。そっちの妙ちくりんな野郎は何者だ」

伝次が口を挟んだ。

「へへ、閻魔《えんま》さまのお使いだよ」

得意気にうそぶいてはみたものの、浮世之介に勝てる保証はない。

発したそばから、不安に駆られた。

おこうが、袖にしがみついてくる。

生きたいと願う者の必死さが伝わり、伝次は感動をおぼえた。

伊助は松明《たいまつ》を手にし、先導役を買ってでた。

浮世之介は鉄下駄を手にぶらさげ、暢気《のんき》な顔でやってくる。

着物は白地に手綱《たづな》模様、太い手綱は大蛇のようにくねり、背中に描かれた錨に繋がっている。錨は「怒り」に掛けた駄洒落らしい。ともあれ、かぶいた風体《なり》だ。

「夜の砂浜は、裸足で歩くと気持ちいいぜ」

などと、暢気なことを口走っている。

「けっ」

伝次はむかっ腹が立ってきた。

生死の境に立っているとはおもえない。

「まったく、不真面目な野郎だぜ」

浮世之介は、口をくちゃくちゃさせはじめた。

「あ」

紙礫を使う気だ。

案の定、間合いが五間になったとき、紙礫がふたつ闇を裂いた。

「くりゃ……っ」

韮沢は白刃を抜き、見事な手捌《てさば》きで紙礫を斬りおとす。

「ひぇっ」

伝次は腰を抜かしかけた。

何とも、凄《すさ》まじい腕前だ。

「ほう、これはこれは」

浮世之介は感心しながらも、無造作に間合いを詰めてくる。

右手に鉄下駄の鼻緒を引っかけ、左手は袖口に入れていた。

匕首でも呑んでいるのか。

それにしても、無謀だ。斬られにくるようなものだ。

浮世之介は、ふと足を止めた。

「おまえさん、風や与右衛門の用心棒だろう」

「いかにも、そうだが」

「沽券状を持ってきてやったよ」

「すると、おぬしは兎屋の主人か」

「おや、どうしてわかったんだい」

「波や市兵衛を締めあげたのでな」

「ははあん、市兵衛は逃げおくれたってわけか」

「今時分は鯔《ぼら》の餌さ」

「殺《や》ったのかい」

「生かしておいても仕方ない」

突如、殺気が膨らんだ。

浮世之介は丹唇《くちびる》を舐め、裾を割って身構える。

「それを聞いたら、ちょいと気が変わった」

「どう変わったのだ」

「沽券状と交換に、お内儀の命乞いをしてやろうとおもったが、やめとこう」

「やめてどうする。え、兎屋」

「悪党は悪党らしく、仕置きを受けていただきやしょうかね」

「ふざけた野郎だ。おぬし、わしの初太刀を躱せるのか」

「躱す必要なんぞ、からっきしござんせんよ」

「たいした自信だな。されば、一撃で仕留めてくりょう。ちぇ、ちぇえい……っ」

自顕流独特の猿叫《えんきょう》が、砂浜に木霊《こだま》した。

韮沢は砂を蹴り、大上段から斬りかかってくる。

「死ねい」

自顕流の要諦は一撃必殺、相手の受け太刀を折り、頭蓋を鉈割りに叩っ斬る。

「ちぇえい……っ」

だめだ。

伝次は、手で顔を覆った。

その瞬間、浮世之介は左袖から礫を取りだした。

「えいっ」

ひゅんと、礫を投げつける。

「莫迦め、同じ手が通用するか」

韮沢は白刃を閃かせ、難なく礫を斬りおとす。

ぱっと、白い粉が散った。

「ぬわっ……げほ、ぐえほっ」

韮沢は刀を杖《つえ》にして身を支え、激しく咳《せ》きこんだ。

「胡椒《こしょう》だよ」

浮世之介の声が近づいた。

「ひ、卑怯《ひきょう》な」

韮沢が苦しげに応じる。

「勝負に卑怯も糞《くそ》もあるものかね」

「ぬおっ」

苦しまぎれの一撃が、空を切った。

浮世之介のすがたは、韮沢の面前にない。

「どこだ、どこにおる」

牙を抜かれた野獣は、闇雲に刀を振りまわす。

「おっと、動かねえほうがいい」

浮世之介の影は、韮沢の背後にぴったりくっついている。

しかも、手にした銀簪の先端が、耳の穴に差しこまれていた。

「うっ」

自顕流の猛者《もさ》が石仏と化した。

「下手に動けば田楽刺《でんがくざ》しだよ。刀を捨てな」

言うとおりにするしかない。

「おっと合点」

伝次が駆けより、砂に落ちた刀を拾いあげる。

「ちぇいっ」

一瞬の間隙を衝《つ》き、韮沢が脇差しを抜いた。

と同時に、鉄下駄が唸りをあげる。

「ぐふぇっ」

韮沢は頬桁を砕かれ、一間近くも吹っ飛んだ。

あまりの激痛に声も出せない。

間髪《かんはつ》を容《い》れず、首筋に手刀を叩きおとされた。

「うっ」

韮沢陣九郎は昏倒《こんとう》し、砂に顔をめりこませる。

「へへ、やった、やったぜ」

伊助が松明を抛り、駆けよってきた。

「うはは、さすがはうちの親方だ、ざまあみろ」

伝次も躍りあがって喜び、伊助と肩を抱きあった。

「って、何で、おめえと抱きあわなくちゃならねえんだ」

「ま、いいじゃねえか。固えことは言いっこなし」

ふたりの様子を、おこうは微笑みながら眺めている。

浮世之介は眩《まぶ》しげに、おこうの横顔をみつめていた。

十三

――どん、どどん。

大川の上空に、花火がまた打ちあがった。

風や与右衛門は柳橋の茶屋を総仕舞いにするほどの勢いで、どんちゃん騒ぎを繰りひろげている。

招かれた客のなかには、町奉行所のお偉方もまじっていた。

たとい、それが町奉行であろうとも、浮世之介には関心がない。

韮沢陣九郎は、砂中深く埋めた。松林に囲まれた死角なので、他人の目には触れにくい。運良く助けられたとしても、人殺しの罪状が記された捨て札を立ててきたので、お上の手に引きわたされ、白洲《しらす》で裁かれることになろう。

そうとも知らず、与右衛門は今か今かと吉報を待っている。でっぷりした腹を揺すりあげ、客の接待もそこそこに、蜥蜴《とかげ》のような眼差しで使いの者を呼びつけては、何やかやと指示を与えていた。

やがて、宴もたけなわになったころ、顔を白塗りにした幇間《ほうかん》があらわれ、曲独楽《きよくごま》などを披露してみせた。白芸者が三味線を爪弾き、踊り子が舞ってみせたが、与右衛門は楽しめずに顔を曇らせている。

「まさか、しくじったのではあるまいな」

韮沢には全幅の信頼を置いているので、失敗したとは考えにくい。よしんば、漁師小屋におこうが居なかったとしても、報告があってしかるべきだ。おこうはあらためて捜せばよいことだし、沽券状についても兎屋から買いとる腹積もりはできている。

客が帰ってしまったのをみはからい、白塗りの幇間が不安顔の与右衛門に囁いた。

「旦那さま、川遊びでもいかがです。今なら、花火もご覧になれますよ」

「ふん、花火なんぞみたくもないわ」

「さるお侍に、これを預かってまいりました」

幇間はそう断り、懐中からそっと書状を差しだす。

与右衛門は何気なく書状をひらき、ごくっと唾を呑んだ。

「こ、これは」

「波やの沽券状でござんす。咽喉から手が出るほど、欲しがっておられたんでしょう」

「おぬし、何者だ」

「ただの幇間ですが」

「これを預けた者はどうした」

「品川の色街に繰りだされましたよ」

「ほかに預かった書状はないか」

「ござりませんが、お侍はこう仰ってました。首尾は上々、安心なされたし」

「首尾は上々か。ふん、焦らしおって」

与右衛門は肩の力を抜き、ほおっと溜息を吐いた。

顔に生気が甦《よみがえ》り、盃になみなみと注いだ酒を一気に呷《あお》ってみせる。

「ご立派、よ、お大尽。ささ、旦那、川遊びにまいりましょう」

「ふむ、よかろう」

与右衛門は重い尻をもちあげ、茶屋の外へ出た。

船着場には、大振りの屋根船が一艘《そう》待ちかまえている。

頰被《ほおかぶ》りの船頭はふたり、白塗りの芸妓もふたり揃えてあった。

「さあ、お大尽のお出ましだよ」

幇間も白扇で額をぺぺんとやり、しんがりから乗りこんでくる。

「ささ、奥へ奥へ」

与右衛門は煽《あお》られるがまま、船首へ向かった。

幇間の声が掛かる。

「船頭さんたち、出しておくれ」

「へえい」

屋根船は水脈《みお》を曳《ひ》き、桟橋から次第に離れていく。

期待に反して花火は終わっており、大川には静寂《しじま》が訪れていた。

屋根船は大橋から離れ、吾妻橋《あずまばし》の橋桁を潜り、さらに北へと遡上《そじょう》していく。

与右衛門は沽券状を肴《さかな》に、美味い酒を味わっていた。

船頭は微妙に面舵《おもかじ》を切り、川のまんなかに船首を向ける。

あたりを眺めまわしても、船影はない。

艫灯《ともあか》りが遠くで、華燭《かしょく》のように揺れていた。

与右衛門は、まったく気づいていない。

「どうです、旦那、たまにはいいもんでしょ。きれいなお内儀のお酌で川遊び」

「お内儀」

与右衛門は醜い顎を弛《ゆる》ませ、不思議そうな顔をする。

「幇間、おぬし今、お内儀と言ったな」

「はい、申しました。それでは、ご紹介いたしましょう。つんとすましたほうが兎屋のお内儀でおちよ、それから今、旦那にお酌をしたお方はおこうさん、旦那が夢のなかで逢いたがっておられた波やのお内儀でやんすよ」

「げっ」

与右衛門は盃を取りおとし、絹地の着物を酒で濡らした。

幇間は顔を近づけ、耳元に囁く。

「ついでに、船頭も紹介しときましょう。ひとりは影聞きの伝次、もうひとりは自顕流の用心棒に殺されかけた伊助にござります」

「ふえっ」

「へへ、最後になりましたが、わたしはへっつい河岸で町飛脚を営むお節介な野郎でござんす」

「おぬし、兎屋か」

「そうだよ、莫迦野郎」

突如、浮世之介は口調を変えた。

「ほら、立て。いつまでも上座に座ってんじゃねえ」

両手で与右衛門の襟首をつかむや、えいとばかりに抛りなげる。

「うわっ」

船が揺れ、大量の水飛沫《みずしぶき》があがった。

肥えたからだが川面《かわも》に浮かび、必死にもがきはじめる。

「す、助《す》けてくれ……お、泳げぬのだ。ごぼっ、ごぼごぼっ」

「ほらよ、つかまりな」

棹《さお》を伸ばしてやったが、つるつる滑ってつかめない。

「仕方ねえ、伝次、網を抛れ」

「へい」

伝次が投げた網に、与右衛門が引っかかった。

「食えねえ魚のくせに、やたらに重いぜ。おい、伊助、手伝ってくれ」

「ほいよ」

ふたりで網を引きあげると、与右衛門は何とか息ができるようになった。

「さて、ひとつだけ聞いておこうか」

浮世之介が裾をめくり、船縁《ふなべり》にしゃがみこむ。

「風やの旦那、おめえさんは五年前、京橋の家作を奪うつもりで、手代の市兵衛を波やに婿入りさせたのかい。どうなんだ。さあ、正直に答えてくれ」

「こ、答えたら……す、助けてくれるのか」

「返答次第だな」

「ち、ちがう……い、市兵衛がおこうに岡惚れしたのだ」

「この期《ご》におよんで、嘘をついちゃいけねえよ」

伝次と伊助が手を弛めると、網が水中に沈んだ。

「ぶわっ……や、やめてくれ」

「なら、正直に吐くんだな」

「わ、わかった……正直に言う。最初からその気だった……わ、わしが欲しいのは波やの家作……ほ、ほかに興味はない」

「そうかい、なるほどな」

浮世之介の顔から、すっと笑みが消えた。

「おめえさんはどうにも、すくいようのねえ御仁らしい」

伝次と伊助に、顎をしゃくる。

「鯔の餌にでもなっちまいな」

ふたりは頷きあい、網を手放した。

「うわっ、ま、待ってくれ」

網に絡まった与右衛門は、浮きつ沈みつしながら、遠ざかっていく。

夜空に瞬く満天の星が、精霊流しのごとく川面に煌《きら》めいていた。

十四

水涸《みずが》れの季節になった。

波やの勝手口には、厄除《やくよ》けの麦藁蛇《むぎわらじゃ》が吊されている。

井戸端には、淡い紅色の花が咲いていた。

合歓《ねむ》の花だ。

言い伝えによれば、愛《め》でる者を怒りの感情から解きはなってくれるという。

江戸で威勢を張った足袋屋の主人がふたり消え、長い「静養」から戻ったお内儀のおこうは元の鞘《さや》におさまった。

これからは、商いのすべてを、女手ひとつで取りしきっていかねばならない。

芯の強いおこうでも、この難局を乗りきるのは容易なことではなかろう。

愛人にも夫にも騙され、そのうえ、夫は還《かえ》らぬ人となった。

心に負った傷が深すぎる。

「なあに、案じることはねえさ」

浮世之介は、平然とうそぶいた。

「所詮、男と女は騙しあい、騙したつもりが騙されて、それでも世の中はまわってゆく。時がすべてを解決してくれるよ」

そうかもしれねえと、納得しかけたところへ、寝耳に水のはなしが転がりこんできた。

番頭の長兵衛によれば、伊助が波やの手代になったというのだ。

「あの千三つ屋、相棒の丑蔵が用心棒に斬られた瞬間、雷に打たれたようになったんだとよ。人間、生きているうちが花、死んだら元も子もない。それなら善人で死にてえ、性根を入れかえるんだとな、親方に泣きの涙で訴えたのさ」

浮世之介は、伊助の改心を本物とみた。

その足で京橋までおもむき、波やの敷居をいっしょにまたいだ。

ともに頭をさげてやり、これまでのことを詫びると、おこうが広い心をみせてくれたのだ。

「これからは、お内儀さんの手足になります、だってよ。おめえ、信じられるか」

長兵衛の疑いは、もっともだ。

涙ながらに誓った伊助の気持ちに偽りがないかどうか、伝次は自分の目で確かめたくなった。

井戸端に立っていると、事情通の女中頭がやってきた。

「おや、影聞きのお兄さんかい。聞いとくれよ」

「おう、どうした」

「兎屋っていう町飛脚の親方の口利きでね、若い男が奉公することになったのさ。それがまあ誠実で、役者顔負けの男ぶりときてる。片化粧《かたげしょう》のお内儀さんは旦那さまを亡くされたばかりだってのに、途端に生気が戻っちまったのさ」

「ふうん、そうかい」

伊助は、名を変えて奉公に励んでいるらしい。

女中頭も奉公人たちも、ふたりの事情を知らない。

勝手口から表を覗くと、帳場に座るおこうの横顔がみえた。

「ほう」

おもわず、溜息が漏れてしまう。

艶《つや》めいた顔は、まるで別人のようだ。

流し目を送るさきには、優男の伊助が立ちはたらいている。

「ちっ、懲りねえ女だぜ」

おこうが懲りない女なのか、女が懲りない生き物なのか、伝次にはよくわからない。

どっちにしろ、ふたりがどうなろうと、知ったこっちゃなかった。

同じ過ちを繰りかえしても、二度と助けてやるものか。

ひねくれた心のなかには、少しだけ応援したい気持ちもまじっている。

「所詮、男と女は騙しあい」

伝次は、浮世之介のことばを口にしていた。

乱れ髪女生首《おんななまくび》

一

百合《ゆり》に似た橙《だいだい》色の藪萱草《やぶかんぞう》が、手向《たむ》けられた花のように俯《うつむ》いている。

薬研堀の汀《みぎわ》に、女の首無し死体があがった。

見つかったばかりのせいか、野次馬は少ない。ほとんどは釣り人で、六尺棒を手にした小者に制されている。

凄惨《せいさん》な屍骸《むくろ》は、俯《うつぶ》せで莚《むしろ》に寝かされていた。

背中一面には、ぎくりとするような筋彫りがほどこされている。

「乱れ髪に生首の女」

伝次は苦い顔でこぼした途端、後ろ頭を平手で叩《たた》かれた。

「痛っ、何しゃがる」

振りむけばそこに、目つきの鋭い岡っ引きが立っている。

天神《てんじん》の駒吉《こまきち》、縄を打った盗人《ぬすっと》の女房に手を付け、岡場所に売りはらった十手《じって》持ちの悪党だ。

「どぶ鼠《ねずみ》じゃねえか、こんなところで何してやがる」

「ただの野次馬でやす」

「嘘《うそ》つくんじゃねえぞ」

「嘘じゃありやせんよ。いくら何でも、首のねえ女の尻なんぞ追いかけやせんや」

「ふん、うめえことを抜かしやがる」

駒吉はつまらなそうに言い、莚のそばにしゃがみこんだ。

「伝次、こっちに来い」

「へ、へい」

「斬られた首は、このあたりにゃ転がってねえそうだ。どこに消えちまったんだろうな」

「さあて、水底《みなそこ》かもしれねえし、山狗《やまいぬ》が銜《くわ》えていったのかもしれやせんよ」

「小塚原《こづかっぱら》の斬首場でもあるめえし、山狗はねえな」

「するってえと、下手人が首を拾っていったと」

あるいは、別のところで首を斬った。

「首無し胴だけ運んできたのかもな」

「どうしてまた、そんな手間を掛けなくちゃならねえんです」

「さあな。どっちにしろ、首が無《ね》えことにゃ、素姓の割りだしようもねえ。ひょっとしたら、背中の生首が殺《や》られた女の首かもしれねえな」

「うえっ、どぎつい洒落《しゃれ》だぜ」

「念のためだ。伝次、そこに彫ってある生首の女に見覚えは」

「親分、わりい冗談はよしてくだせえよ」

「知らねえってことか」

「へい」

と、応じてみせたが、じつは見覚えがあった。

わざわざ、殺しの現場に駆けつけたのも、そのことを確かめるためだ。

もっとも、本人を目にしたことはない。素姓も知らぬ。「わ印」と呼ばれる春画の試《ため》し摺《ず》りをみせられただけだ。

数日前、伝次は浮世之介の使いで、日本橋通 油町《とおりあぶらちょう》の「高富士《たかふじ》」という版元を訪ねた。狢《むじな》仲間でもある主人の重兵衛《じゆうべえ》に「出元を探ってほしい」と頼まれ、生首女の筋彫りを背負った女の絵をみせられた。

「これは墨一色の校合《きようごう》摺りだが、色が付いたらとんでもないお宝になる」

と、重兵衛は唸《うな》った。

そこに描かれた年増美人は、水牛の角でできた張形《はりがた》を使って自慰に耽《ふけ》っていた。唇《くち》もとを半開きにしてよがりながら、ふいに首を捻《ひね》った妖しい顔が、背中に彫られた生首の顔と同じだった。

校合摺りと呼ばれる試し摺りを「高富士」に持ちこんだのは人相の悪い渡り中間《ちゆうげん》で、絵の価値を知らぬ重兵衛の女房が二東三文で買いとったのだという。

「春画を堂々と売ったら手鎖《てぐさり》になる。だが、抜け道はあるのさ。裏でほんの数枚だけ摺りあげれば、いくらでもいいから買いたいと申しでる大名はいる。しかもな、これは想像するに、ただの筋彫りではない」

興奮したときだけ、柔肌《やわはだ》に桜色が浮かびでる白粉《おしろい》彫りにちがいないと、重兵衛は囁《ささや》いた。

「そうとなれば、本物をみてみたいのが好き者の心情だろう。なあ、伝次さん、筋彫りを背負った女の素姓も探ってほしいんだよ」

浮気な女房の尻を追いかける影聞《かげき》きが、妙な依頼を受けてしまった。

いずれにしろ、莚に寝かされた首無し死体が「高富士」の春画と関わりがないはずがない。版元の捜している白粉彫りの女かもしれず、伝次は屍骸から目が離せなくなった。

よくみると、片方の足だけが内側に曲がっている。

生まれつきのものなのか、傷つけられたときに何かのはずみで曲がったものなのか、判然としない。

「伝次、これをみろい」

駒吉は屍骸の帯から、抹茶色の風呂敷を引きぬいた。

ひらいてみると、隅に屋号らしき文字が刺繍《ししゅう》されてある。

「同朋町《どうぼうちょう》近江屋《おうみや》、か」

「親分、同朋町は日本橋にも下谷《したや》にも本郷にも、それから両国広小路や芝の三田にもありやすぜ。近江屋にしたって、めずらしい屋号じゃねえ」

「だから何だ。探すのが面倒だってのか」

「い、いいえ、そういうわけじゃ」

「だったら、探せ」

「え、あっしがですかい」

「そうだよ。おれよりさきにみつけたら、小遣いをくれてやるぜ」

駒吉は得意気に言い、十手を背帯に差しこむ。

一刻も早く、手柄を立てたいのだろう。

踵《くびす》を返し、後ろもみずに駆けていった。

「ふん、勝手に行きやがれ」

小遣いなんぞいらない。岡っ引きの狗《いぬ》になりさがるのは御免だ。

気づいてみれば、置き去りにされた屍骸を、野次馬たちが取りかこんでいる。

「当分、釣りはできねえな」

「あたりめえだ。妙なもんが釣れたら困る」

釣り竿《ざお》を担いだ二人連れが、笑えない冗談を交わしていた。

冗談ではなく、薬研堀に釣り糸を垂らせば、生首が釣れるかもしれない。

ぶるっと、からだが震えた。

殺された女が春画に描かれた女ならば、白粉彫りを目にする機会を逸したことになる。版元も、さぞかしがっかりするだろう。

伝次はふいに殺気を感じ、驚いて振りかえった。

野次馬のなかに、月代《さかやき》を青々と剃《そ》った侍がまじっている。

年は五十前後か、これといって目立つところのない月代侍だ。

他人の目を避けるように、汀から離れてゆく。

「怪しいな」

影聞きの勘が囁いた。

二

辰刻《たつのこく》を廻《まわ》ったころから、江戸は早くも烈日の様相を呈してくる。中天《ちゅうてん》に陽《ひ》が昇れば、田水も沸くほどの灼熱《しゃくねつ》地獄になり、意識も朦朧《もうろう》とするにちがいない。

まだ意識がしゃんとしているうちに、ある程度は調べを済ませておきたかった。

勘だけで動くのは無駄な気もしたが、侍の後ろ姿はみればみるほど怪しい。

放っておけず、駿河台《するがだい》の御屋敷町までやってきた。

侍が消えたさきは、錦小路の一角にある大きな屋敷だ。

伝次は塀際に積まれた水桶《みずおけ》を拝借し、冷水《ひやみず》売りを装った。

「ひゃっこい、ひゃっこい、ひゃらひゃっこい」

冷水は甘露に白玉を入れて一杯四文、手軽に涼を得られる売り物だが、もちろん、水桶の中味はただの温《ぬる》い水だった。

「いかがです、おひとつ」

伝次は水玉模様の手拭いで頬被《ほおかぶ》りをきめ、厳《いか》めしげな門番のそばまで近寄った。

「こちらは、どなたさまの御屋敷で」

門番は訝《いぶか》しげな顔をみせつつも、屋敷の主を教えてくれた。

小栗弾正《おぐりだんじょう》、家禄《かろく》三千石の大身《たいしん》旗本である。

「へ、こりゃどうも」

女の首無し死体と三千石がどう関わっているのか、伝次は影聞きの好奇心を擽《くすぐ》られた。

とりあえずは旗本の評判でも探ろうと、四つ辻《つじ》にある辻番所へ向かう。

辻番は老いた親爺《おやじ》の捨てどころなどと揶揄《やゆ》されるとおり、訪ねてみると、白髪の老人が暇そうな顔で煙管《キセル》を燻《くゆ》らせていた。

「ちょいと邪魔するぜ」

「おう、冷水売りが何の用だい」

「冷水ならぬ、油を売りに来たんだよ」

「ふふ、只《ただ》なら買ってやろうじゃねえか」

「そうこなくっちゃ」

「で、何が聞きたい」

「小栗弾正さまのことだがね」

「無愛想な門番がいたろう」

「いたいた。小栗さまのご家来衆ってのは、みんな、ああなのかい」

「そうだよ。大きな声じゃ言えねえが、お殿さんが変わり者でな。上があぁだと、下の連中も似ちまうものさ」

「どう変わってんだい」

「お城では腰物奉行をつとめていなさるんだが、三日に一度出仕すりゃいいだけで、これといってやることはない」

ふだんは暇に飽かせて、庭で闘犬をやらせたり、腕におぼえのある浪人者を募って試合をやらせたり、お上から預かった名刀の様斬《ためし》りをやらせたりと、妙なことばかりやっている人物らしい。

「そうそう、つい三日前の晩なぞは大川へ花火見物の屋形船を繰りだし、芸者衆を丸裸にして踊らせたり、家来に花火の筒を持たせて他の舟に打ちこませたり、無茶苦茶なことをやったそうな。それでも、大身旗本ゆえに町奉行所は手も足も出せない。見て見ぬ振り、何をやってもうやむやにされちまう」

「ふうん」

「それにな、お殿さんは途轍《とてつ》もねえ腎張《じんば》りらしい」

「ほう、年はおいくつだい」

「五十は疾《と》うに超えてるってのに、奥方や側女《そばめ》だけじゃ飽きたらず、女中奉公と称しては十八、九の町娘を屋敷に通わせ、片っ端から手を付けているんだとか。泣かされた娘が数知れずいるらしい」

「ほんとうかい」

伝次は興味を惹《ひ》かれた。

だが、生首の女は十八、九の町娘ではない。

「親爺さん、そのへんのはなし、まちっと詳しく教えてくんねえか」

水を向けると、親爺はむっつり押し黙った。

「おめえさん、ただ者じゃねえな。目付筋の間者かい。だとすりゃ、もう喋《しゃべ》らねえぜ。とばっちりはごめんだかんな」

「余計な詮索はよしてくれ。おいらは影聞きさ」

「影聞き」

「尻の軽い女房の尻を追い、浮気の証しを押さえて金にする。芥《ごみ》みてえな野郎さ」

「その芥野郎が何で、小栗さまを探ってやがる」

伝次はほっと溜息《ためいき》を吐《つ》き、正直に経緯《いきさつ》を告げた。

「ふうん、薬研堀に首無し死体か」

親爺はぶるっと身震いし、饒舌《じょうぜつ》にまた喋りだす。

「そいつはただごとじゃねえな。で、おめえさんは殺された女を追っていたのかい」

「追っていた女かどうかは、今ひとつはっきりしねえ。なにせ、首がねえんだからな」

「そりゃそうだ。んで、野次馬のなかに怪しい侍をみつけ、ここまで跟《つ》けてきたってわけだな」

「そういうこと」

親爺は立ちあがり、温い麦湯を出してくれた。

「お、すまねえ」

「遠慮すんな」

伝次は麦湯を一気に呑《の》みほし、空になった湯呑みを置いた。

「親爺さん、最近、何か変わったことはなかったかい」

「変わったこと」

「ああ、見知らぬ者が小栗邸を訪ねてきたとか」

「見知らぬ者ねえ」

親爺は腕組みをし、両目を瞑《つむ》った。

じっと待っていると、寝息が聞こえてくる。

「おい、親爺、眠るんじゃねえぞ」

「ぬごっ……おっと、すまねえ。考えてるうちに、寝ちまったようだ」

「頼むぜ、おい」

「そうだ、ひとりいた」

親爺は、ぱしっと膝を叩く。

「霜月《しもつき》の芝居興行がはじまったばかりのころだから、ずいぶんめえのはなしだ。絵師がひとりやってきて、小栗屋敷はどこかと聞きやがった」

「なに、絵師だって」

伝次は目を剝《む》き、身を乗りだす。

「そうだよ。絵師がどうかしたかい」

「い、いいや」

うっかり漏らされると厄介なので、春画の件は黙っておいた。

「親爺さん、絵師の名は」

「名は知らねえが、号ならわかるよ。眉も目尻も下がった三十男でな、いつも笑っていやがった。いや、笑わなくてもそう見えるってんで、微笑屋《ほほえみや》と付けたんだとか」

「微笑屋」

春画の下絵を描いた張本人かもしれない。

高富士に春画を売りにきたのは、渡り中間だった。

もしかしたら、小栗家に出入りしていた者かもしれぬ。

ひょんなことから、件《くだん》の校合摺りを手に入れ、絵の価値を知らずに二束三文で売ったのだ。

そのおかげで、自分はここにいると、伝次はおもった。

「よう、影聞きの。どうかしたかい、恐え面《こえ》だよ」

「いや、何でもねえ。親爺さん、いろいろ助かったぜ」

「そいつはよかった」

と言いつつ、親爺は猿のような皺々《しわしわ》の掌《てのひら》を差しだす。

「駄賃をくれ」

「けっ、しっかりしてやがる」

伝次は一朱金を袖から摘《つま》みだし、床に滑らせた。

三

二日後。

馬の背を分けるほどの夕立が降った。

夕立が去ったあとの爽快《そうかい》さは消え、町は重苦しい湿気につつまれている。

伝次は浮世之介を誘い、浜町河岸《がし》を渡って横山町の手前までやってきた。

たどりついたさきは横山同朋町の表通り、この界隈《かいわい》には綿と麻織物をあつかう太物屋が多く、なかでもひときわ立派な商家の表口には「忌中」の貼り紙がみえた。

「あれが近江屋でやんす。駒吉のやつがみつけるめえに、近所で噂《うわさ》が立ちやがった。近江屋のお内儀《かみ》が首無し死体でみつかったってね」

「ふうん」

辛気臭そうに顔をしかめる浮世之介に、伝次は鋭く言いかえす。

「妙なことに巻きこまれたな、親方のせいだぜ」

「太物屋のお内儀が首を斬られたのも、おれのせいだってのかい」

「そうじゃありやせんけどね」

ふたりは天水桶の陰から、近江屋を遠目に眺めている。

夕暮れが近づくにつれ、焼香にくる者は増えた。

大店《おおだな》の威厳を保つためか、葬儀の規模は大きい。

「経をあげているのは、黄金色の袈裟《けさ》を纏《まと》った偉そうな坊主でやんすよ。ほら、入口のところに出てきたのが主人の彦八《ひこはち》で。ふん、いい歳《とし》こいて、めそめそしやがって」

「昨日釣った鯔《ぼら》みてえな面だな。どう眺めても、泣き顔は似合わねえ」

浮世之介は眸子《まなこ》を細め、近江屋彦八の様子をじっくり窺《うかが》った。

「あっ、親方。あそこに」

参列者のなかに、件《くだん》の月代侍もまじっている。

「ちょいと調べてみたら、近江屋は小栗家の奥向きに出入りしている商人でやしたよ。近江屋のお内儀が殺されたことと、奇妙な癖のある殿様は関わりがあるにちげえねえと、あっしは踏んでおりやす」

「あ、そう」

浮世之介は関心なさそうに、鼻をほじる。

「親方、殺されたお内儀、名はおゆまといいやす」

「おゆま」

「吉原の総籬《そうまがき》、京屋《きょうや》の御職《おしょく》までつとめた花魁《おいらん》だとか」

「ふうん」

浮世之介は、ちらっと関心をしめす。

「しかも、これが関八州《かんはっしゅう》の山出し娘じゃありやせんぜ」

京都の島原遊郭から鞍替《くらが》えさせられた遊女だった。

近江屋彦八が三年掛かりで口説《くど》きおとし、何とか身請けまでこぎつけたのだ。

「太物屋が極上の下りものを手に入れたと、吉原でもたいそうな評判だったそうで」

当初は妾《めかけ》に迎える腹だったが、正妻でなければ嫌だと、おゆまが承服しなかった。

そこで、近江屋は目玉が飛びでるほどの離縁金を積み、長年連れ添ったお内儀を離縁したのだという。

「そこまでして、おゆまを手に入れたかった。親方、その理由《わけ》がわかりやすかい」

「いいや」

「背中の白粉彫りでやんすよ」

「ほほう」

「聞くところによりゃ、あれだけの絵柄を彫れる刺青師《ほりものし》は、江戸にゃひとりもいねえそうで」

「ひょっとしたら、刺青師の名は彫り辰《ほたつ》かい」

「うえっ、よくご存じで」

「彫り辰は京の刺青師だ。噂にゃ聞いたことがある。女の背中に白粉彫りを彫ること
のできる数少ない名人のひとりだよ」

「でも、よく当てやしたね」

「おゆまが島原の遊女だったと聞いて、ぴんときたのさ」

噂によれば、彫り辰は妓楼《ぎろう》で生まれた父《てて》無し子だった。

「ふうん、そうかい、彫り辰の彫った生首なら、稀少《きしょう》な生首だ。この目で拝んでおき
たかったな」

「本物は無理でも、春画なら望みはありやすよ」

近江屋彦八は、高額で身請けしたおゆまを錦絵に残しておきたくなった。

しかも、通常の絵ではない。御禁制の春画に仕立て、白粉彫りを色摺りにしようと

おもったのだ。

「版木さえみつかりゃ、おゆまの錦絵は何枚でも摺れる」

「そいつを、高富士の旦那もお望みで」

「なるほど、おめえさんはまだ、この一件から手を引けねえってわけか」

「手を引けねえどころか、首までどっぷり浸《つ》かってますぜ」

「首がねえのに首までか、そいつはいい」

ふたりのもとへ、岡っ引きの駒吉がやってきた。

「けっ、嫌な野郎が来やがった」

伝次は逃げ腰で横を向く。

「おっと待った。伝次じゃねえか、また会ったな」

「へ、どうも」

「おゆまの首は、みつかったのか」

「いいえ、まだ。って、何であっしが生首を探さなくちゃならねえんです」

「へへ、みつけたら、金を出そうっておひとがあるんだぜ」

「え、どなたで」

「近江屋彦八さ。胴だけ荼毘《だび》に付しても、首が揃《そろ》わねえかぎり、ほとけは成仏はできねえんだと」

「なるほど」

「ところで、何で兎屋とつるんでやがる」

「別に」

「臭えな」

駒吉は浮世之介に鼻を近づけ、くんくん臭いを嗅《か》ぎはじめた。

浮世之介は嫌な顔ひとつせず、薄く笑いながら口をひらく。

「親分さん、ほとけの首を探すんですか」

「探さねえよ」

「なら、この一件は仕舞いになさるので」

「そうだな。おゆまは不運だった。頭のおかしい通り者か、辻斬りにでもやられたのさ」

「殺られ損ってわけですか」

「まあな」

「親分さん、ほとけがおゆまだってことは確かなので」

「妙なことを言いやがる。背中の筋彫りは、ふたつと彫れねえ代物だ。何せ、あれを彫った野郎は京にいるんだかんな」

「近江屋の旦那も、自分の目でほとけを確かめたんですか」

「首無しのほとけを見下ろし、おゆまだとはっきり言ったぜ。どうやら、三日前から
行方知れずになっていたらしい」

「三日前から」

「おい、兎屋、奥歯にものが挟まったような物言いじゃねえか」

「お気になさらねえように」

「おめえ、ろくにはたらきもしねえで、ふらふらしてるらしいな」

「遊びをせんとや生まれけむ……どこぞのお偉い方も、そう仰《おつしや》いましたよ」

「ふん、猪野郎め」

駒吉は悪態を吐き、離れていった。

焼香の列は、途切れることもない。

「親方」

伝次が声を掛けてきた。

「駒吉にからんでおられやしたけど、何か引っかかることでも」

「そうさな。おめえはほとけの片足が妙な按排《あんばい》で曲がっていたと教えてくれた」

「たしかに、言いやしたが」

「そいつが気になってな」

「何で」

「吉原の御職に足が曲がってる者はいねえ」

「するってえと、あのむくろは、おゆまじゃねえと仰る」

「おれの勘じゃ、ほとけは舟饅頭《ふなまんじゅう》だ」

「なあるほど。たしかに、足のわるい女が春をひさぐとしたら、小舟に客を誘う舟饅頭になるっきゃねえ。でも、親方、刺青の件は」

「さあな。でも、近江屋の旦那がほとけをみて、すんなり認めたってのも気に掛かる」

「薬研堀にゃ、舟饅頭がよくあらわれやすぜ」

「連中に聞けば、何かわかるかもしれねえな」

「合点で」

伝次は、尻をからげて駆けだした。

四

炎天下、伝次は草履の底を減らしながら、聞きこみをつづけた。

そして三日後、首無し死体の身許《みもと》を割りだした。

教えてくれたのは、やはり足の不自由な舟饅頭で、薬研堀ではなく、ふだんは鎌倉河岸のあたりで客をひいている四十年増だった。

「馬喰町《ばくろちよう》の付木店《つけぎだな》に住むおせいさんじゃないかってね、あたしらの仲間うちじゃ囁かれているんだよ」

おせいの旦那は義助《ぎすけ》といい、腕の確かな左官だったが、二年前から胸を患い、寝たり起きたりのからだになった。おせいは旦那とふたりの幼子を食わせるために、身を売って生活《たつき》を立てていた。ところが、六日前からぷっつり消息を絶っていたという。

「もしやとおもって、仲間のひとりが首無しのほとけをみにいったのさ。そうしたら、背中に生首女の刺青が彫ってあった。おせいさんにまちがいないって、おもったんだよ」

おせいは刺青を隠したがっていたが、親しい仲間にはみせていた。ただし、彫った経緯はひとことも喋らなかったという。

伝次は舟饅頭に教えられたとおり、付木店に足を向けてみた。

木戸を潜《くぐ》ると、どこにでもあるような棟割長屋があった。

義助の部屋は稲荷《いなり》の祠《ほこら》のすぐ脇だ。

「ごめんよ」

煤《すす》けた油障子を開くと、三つかそこらの幼子がふたり、板間で犬のようにがつがつ飯を食っていた。

饐《す》えた臭いのする床には無精髭《ぶしょうひげ》を伸ばした病人が臥《ふ》し、げほげほ咳《せき》をしている。

伝次は顔をしかめ、手拭いを口にあてがった。

「すまねえ、女房のことでちと聞きてえんだが」

義助がむっくり起き、頬のそげおちた顔を向けた。

「誰でえ」

「おれかい。影聞きの伝次だよ」

「影聞きってのはあれか、浮気女房の尻を追っかける野郎のことか」

「わかってんじゃねえか」

「影聞きのおかげでな、知りあいがてえへんな目に遭ったのさ」

「ふうん、でもよ、そんなやつのことはどうだっていい。おめえ、女房はどうした」

「出ていったきり、戻ってこねえよ」

「いつから」

「七日前だ」

三月ほどまえ、おせいは稼ぎの良い口がみつかったと言い、義助に二両を手渡した。稼ぎの中味は教えてもらえなかったが、二両は前金で、事が済んだらまた三両貰《もら》えると言っていた。その三両を貰いに出たきり、おせいは帰ってこないという。

「女房が心配《しんぺ》えじゃねえのか」

「心配しても仕方ねえだろう」

「女房に何か変わった様子は」

「あいつ、おれに背中をみせなかった」

「背中を」

「ああ」

おせいは銭湯に行かず、夜中になると井戸端で行水をしていた。裸になっても、背中だけは晒《さら》そうとしなかった。

刺青をみせたくなかったのだ。

稼ぎの良い口とは、背中に刺青を彫らせることだったのかもしれない。

「かあちゃん、かあちゃん」

突如、幼子たちが泣きべそを掻《か》きはじめた。

三人は、おせいが置いていった二両で食いつないでいる。

伝次は居たたまれない気持ちになり、義助に訊《き》いてみた。

「金が無くなったら、どうする気だ」

「さあな。飢え死にするっきゃねえかもな」

「幼子はどうする」

「生まれてきたことを悔やむしかあんめえ」

「そんな」

伝次は捨て子だった。寺の坊主に拾われた。

よくみると、子どもたちの顔やからだには、折檻《せっかん》した青痣《あおあざ》がいくつもあった。

「こいつは……おめえがやったのか」

「そうだよ」

「くそったれ、それでも親かよ」

「だったら、おめえが育ててくれ。できねえなら、勝手なことは言わせねえ。がきってのは腹が空《す》くと泣きやがる。叩いて黙らせるしかねえときだってあるんだよ」

ぎりっと、伝次は奥歯を噛《か》んだ。

義助が口調を変えた。

「おめえさん、何を探ってやがるんだ」

「ちょいとな」

「おせいが何をしようと、おれは驚かねえぜ」

それはそうだろう。女房に春をひさがせ、食いつないでいるのだ。

「こんなことは頼めた義理じゃねえが、おめえさん、おせいを捜してくんねえか」

「え」

「半月もめえのことだ。みちまったのさ、背中の筋彫りをよ。生首の女が濡《ぬ》れ髪を逆立てていやがった。そいつを目にした途端、吐きそうになったぜ。でも、咎《とが》める気になれなかった。察したのさ、筋彫りのおかげで食わしてもらってんだってな」

義助はどうしても、刺青を彫った相手のことが知りたくなった。

「いちどだけ、おせいの背中を跟けたことがあった」

「うん、それで」

「行きついたさきは、根津権現《ねづごんげん》裏手の貧乏長屋さ」

油障子には、昇竜の紋様が描かれていた。

彫り辰だなと、伝次はおもった。

「おれは戸の透き間から覗《のぞ》いてみた。そうしたら、髪の白い刺青師のやつがいて、おせいの背中を鍼《はり》で突っついていやがった」

「彫り辰って野郎かい」

「さあ、知らねえ。おれはそれっきり、嗅ぎまわるのをやめたんだ。ひょっとしたら、おせいは、刺青師のところに居座っちまったのかもしれねえ」

「どうして、自分で確かめねえんだ」

「捨てられんのが、恐《こえ》えんだよ」

義助は、薬研堀の汀にあがった首無し死体のことを知らない。

いとけない幼子たちも、母親が冥途《めいど》に旅立ったことを知らないのだ。

「なあ、影聞きの兄さんよ、おせいに会ったら伝えてくれ。こいつらのために、一日も早く帰《け》えってきてくれとな」

「あ、ああ、わかったよ」

「頼む」

涙ぐまれ、伝次は頷《うなず》くしかない。

「かあちゃん、かあちゃん」

幼子たちは、べそを掻いている。

後ろ髪を引かれるおもいで、伝次はその場を離れた。

五

夕暮れになっても、あいかわらずの蒸し暑さだ。

伝次は根津権現の裏手にへばりつく色街を抜け、朽ちかけた長屋に踏みこんだ。

付木店の長屋よりもいっそう古く、屋根の一部は穴があいたままになっており、半分は人が住んでいない。

義助に教えられた部屋は、すぐにわかった。

なるほど、油障子には墨で昇竜の紋様が描かれている。

「ここか」

灯《あか》りは漏れておらず、戸も少し開いている。

どうやら、留守らしい。

ふいに隣部屋の戸が開き、髪を貝髷《ばいわげ》に結った薄汚い嬶《かか》ァが顔を出した。

「そいつの知りあいかい」

「え」

「知りあいかって聞いてんだよ」

「いいや、ちがう」

「だったら、何者だい。まさか、御用聞き」

「んなわきゃねえだろ」

ぺっと唾を吐いてみせると、嬶ァは外に出てきた。

鶏《とり》がらのように痩《や》せたからだを、垢《あか》じみた着物に包んでいる。

眸子《まなこ》は黄色く濁り、前歯は抜けおち、貧乏を絵に描いたような面だ。

「そいつのことを教えたげるよ。銭をくれたらね」

「ちっ」

伝次は袖に手を入れ、摘んだ小粒を指で弾《はじ》いた。

嬶ァは小粒を手にし、途端に口が軽くなった。

「そいつは辰五郎《たつごろう》っていう刺青師でね、口が重い男で誰とも喋ったことはなかったけど、あたしにゃ挨拶をしてくれたのさ」

はんなりとした耳心地のよいことばを喋っていたという。

「呉服屋の奉公人と同じ喋りさ。ありゃ、京訛《きようなま》りだよ」

彫り辰にまちがいない。越してきたのは半年前だ。ほどなくして、すがたのよいどこかの新造が三度ほど訪ねてきた。それがぱたりと来なくなり、三月ほどまえ、別の女が通ってくるようになった。

「どんな女だ」

「うらぶれた年増さ。右足を引きずっていたねえ」

「右足を」

「たぶん、ありゃ舟饅頭さ」

おせいだなと、伝次は察した。

三日に一度はやってきて、一晩中、呻《うめ》き声をあげていた。

「鍼で刺されていたのさ。何で舟饅頭ごときが刺青を彫るのか、あたしにゃ未だにわからない」

「ほかに、訪ねてきた者は」

「あ、いたいた。手代風の男さ。抹茶色の風呂敷を大事そうに抱えてね、あのなかにゃお宝がはいっていたにちがいない。でも、何であの手代、金を携えてきたんだろう」

嬶ァは首をかしげたが、伝次には筋が読めてきた。

手代はおそらく、近江屋彦八の使いだろう。近江屋は彫り辰に依頼し、舟饅頭の背中に刺青を彫らせた。手代にもたせたのは、その報酬なのだ。

最初に訪ねてきたのは、おゆまにちがいない。彫り辰はのっぴきならない事情から、江戸へ出てきた。そして、近江屋のお内儀におさまったおゆまを頼り、それに気づいた近江屋が、おせいの背中にうりふたつの刺青を彫るように命じた。

なぜ、そうする必要があったのか。

肝心な点が、いまひとつわからない。

「ねえ、あんたにお願いしたいことがあんだけど」

嬶ァは困ったような顔をした。

「気づかないのかい」

「何が」

「臭いだよ」

伝次は油障子の隙間に鼻を近づけた。

「うえっ」

「ね、物の腐ったような臭いがするだろう。何だか薄気味悪くてさ、あんた、部屋んなかを調べとくれよ」

「じょ、冗談じゃねえ」

伝次は空唾を呑みこんだ。

「あんた、男だろ」

背中を押され、仕方なく油障子を開ける。

部屋のなかは真っ暗だ。

「おい、提灯《ちょうちん》を寄こせ」

「はいよ」

燧石《ひうちいし》の音が聞こえ、破《や》れ提灯を手渡された。

土間から上がり框《かまち》、板間に漆喰《しっくい》の壁と、恐る恐る照らしてみる。

「土間が水浸しだぜ」

板間には、鍼だの顔料だのが散らばっている。

へっついを照らしてみると、漬物石が転がっていた。

すぐそばに、ひと抱えほどの漬物桶が置いてある。

異臭は桶のほうからただよっていた。

さきほどから、不吉な予感にとらわれている。

伝次はへっぴり腰で、漬物桶に近づいた。

「あんた、何かみつけたのかい」

嬶ァが後ろで大声をあげた。

「莫迦《ばか》野郎、驚かすんじゃねえ」

立ちどまったきり、足が一歩も出ない。

「早くみつけとくれよ」

けしかけられ、一歩踏みだした。

「ええい、ままよ」

意を決し、漬物桶を蹴りつける。

蹴りながら、ぎゅっと目を瞑《つむ》った。

「うひゃっ」

背後で叫び声があがった。

眸子を開け、伝次は声を失った。

両膝が抜け、土間にへたりこむ。

這《は》うように逃げだすと、敷居で嬶ァが気を失っていた。

「ひゃあああ」

伝次は腹の底から、声を搾《しぼ》りあげた。

その背中を、腐りかけた女の生首が睨《にら》みつけている。

刺青に描かれた女、おゆまではない。

おせいであろう。

確かめる勇気もなかった。

恨みの籠《こ》もった眸子を瞠《みは》り、じっと闇を睨んでいるのだ。

「くそっ、おゆまは生きてやがる」

伝次は何とか起きあがり、どぶ板を踏んで駆けだした。

六

翌朝、駿河台に近い護持院《ごじいん》ヶ原《がはら》で、渡り中間の斬殺死体がみつかった。

伝次はさっそく、探りを入れてみた。

殺されたのは小栗家にも出入りしていた中間らしく、人相風体を照らしてみると、版元に校合摺りを売りにきた男と似ていた。

それにしても、暑い。

青空に浮かぶ入道雲までが、焦げついてしまいそうだ。

路傍に並んだ向日葵《ひまわり》に咽喉《のど》の渇きを促されつつ、伝次は日本橋通油町の高富士にやってきた。

招じられた部屋の正面には主人の重兵衛が座り、隣では浮世之介が暢気《のんき》な顔で心太《ところてん》をつるつるやっている。

伝次はごくっと、唾を呑んだ。

「親方、お呼びで」

「おう、待ってたぜ。ほら、心太でもやんな」

「へ、ありがとさんで」

差しだされた椀《わん》には、心太のほかに白玉も浮かんでいる。

伝次はものも言わず、椀の中味を空にした。

重兵衛が、おもむろに口をひらく。

「浮世殿、中間はひと太刀で袈裟懸けに斬られていたらしい」

「ほ、そうですか」

「いったい、誰が殺ったのか。伝次さん、いかがです」

「護持院ヶ原といやあ、辻強盗のよく出るところだ。お上は通り者の仕業《しわざ》とみてるが、殺《や》ったな月代侍でやしょう。中間は春画を盗んだことがばれて、斬られたにちげえねえ」

「では、自業自得というわけですな」

「旦那、手癖のわりい渡り中間のことはどうだっていい。あっしはね、舟饅頭のおせいを殺った野郎が許せねえんですよ」

「付木店に遺《のこ》されたのは、病気の亭主とふたりの幼子でしたな」

「おせいがああなっちまったことを、あっしはどうしても伝えられなかった。おせいだって好きで刺青を彫らせたんじゃねえ。食うためにやったことだ。哀れな舟饅頭にも待ってる者たちはいた。なのに、物みてえに殺りやがって……くそっ」

口惜《くちお》しがる伝次のことを、浮世之介は不思議そうにみつめている。

伝次は自分でも熱くなりすぎているとおもった。

母親に死なれた幼子たちのことが心配でならねえんだ。

心底からそうおもったが、口に出すのは気恥ずかしい。

重兵衛がふたりに葛水《くずみず》を勧めてくれた。

「葛水は渇を医《い》すると申します。さ、どうぞ」

「へ、こりゃ美味《うま》そうだ」

伝次は葛水で咽喉を潤した。

甘い冷水が熱いおもいを鎮めてくれる。

重兵衛が問いかけてきた。

「伝次さん、おせいを殺《あや》めたのはやはり、彫り辰でしょうかね」

「へえ。最初からそのつもりで、墨を刺しやがったんだ」

「漬物桶に首を忘れてゆくとは、とんだ慌て者ですな」

慌てて逃げださなければならない事情《わけ》があったのだろう。

「たとえば、おゆまを捜してる連中に嗅ぎつけられたとか」

「ははあ、なるほど。伝次さんの仰るとおりかもしれぬ」

「ともかく、おせいを殺らせたのは近江屋彦八にまちげえねえ。親方、そうでやんしよ」

瓢簞蝙蝠縞《ひょうたんかわほりじま》の描かれた浴衣《ゆかた》の襟をはだけ、浮世之介は団扇《うちわ》であおいだ。

「おめえの言うとおりだよ。おせいの背中に刺青を彫らせたのも、おせいを殺めさせたのも、ぜんぶ近江屋のやったことさ」

「でも、どうしてです」

「おゆまの身代わりだよ」

「え」

伝次だけでなく、重兵衛も身を乗りだした。

浮世之介は団扇で、部屋に迷いこんだ蝿《はえ》を追う。

ばしっと蝿を叩き、遺骸を摘みあげてふっと吹いた。

「手を擦って拝んでも、許しゃしねえよ」

「親方、蝿を叩くのは後にしてほしいな」

「おう、すまねえ。どこまで喋ったっけ」

「おせいがおゆまの身代わりだったと」

「おう、そうだ。近江屋彦八は、おゆまが死んだことにしたかった。だから、身代わりに仕立てたおせいを殺め、首を斬って身許がわからねえようにしたのさ」

しかも、近江屋に繋《つな》がる証しをわざとのこした。

「抹茶色の風呂敷ですかい」

「それだ。これみよがしに、おゆまの葬式をやったろう。ぜんぶ算盤《そろばん》ずく、芸の細かい男さ。伝次の読みどおり、おゆまはどこかで生きている」

「親方、でも、近江屋は何でそこまでして」

「おゆまを隠そうとするのか。そいつが謎だな。旗本の小栗弾正がからんでいるのは確かだ」

小栗弾正は何かの拍子に、白粉彫りを背負った女のことを知った。そして、何としてでも、自分のものにしたいと望んだにちがいない。

「これだよ」

浮世之介は、件の春画を畳にひろげた。

「たぶん、こいつを目にしたんだろう」

「殿様にみせたのは、微笑屋とかいう絵師かもしれねえ」

「ご名答。絵師は春画を高く売ろうとおもい、弾正に近づいた。ところが、弾正は絵ではなく、本物を所望した」

「なるほど、それが筋書きか」

伝次は膝を打った。

浮世之介は座りなおし、すっと襟を正す。

「重兵衛さんが主板《おもばん》を彫った職人を捜しだし、その線から絵師の素姓を聞きだした。微笑屋正吉《しょうきち》ってのが絵師の名さ。名の売れてねえ贋作屋《がんさくや》だが、おゆまを絵にした張本人にちがいない。大身に春画をもちこむくれえだ。自分の絵によっぽど自信があったんだろう」

伝次はお株を奪われたようで、少し口惜しかった。

浮世之介は、何食わぬ顔でつづける。

「じつは、絵師に罠《わな》を仕掛けたところさ」

「そりゃまた、手回しのいいこって」

皮肉が口を衝《つ》いて出たものの、伝次は早く先が知りたかった。

「教えてやろうか」

「親方、焦《じ》らさねえでくだせえよ」

「主板を三百両で買いたいという噂を流した。そうしたら、早々に会いたいと申し出る者が出てきたのさ」

「微笑屋正吉ですかい」

「ああ、確かにそう名乗った。本人だろう」

「いつ、会うんです」

「今晩さ、おめえさんも従《つ》いてくるかい」

あたりまえだ。

伝次は怒った顔で頷いた。

七

浮世之介は微笑屋正吉を、不忍池の狢亭に招いた。

――狢亭は通人や数寄者が集まるところ。

そんな噂を流したところ、正吉は警戒もせずに、ほくほく顔でやってきた。

表口で案内に立ったのは香保里《かほり》である。

富士額の際立つ灯籠鬢《とうろうびん》に鼈甲櫛《べっこうぐし》を挿し、眉はきれいに剃っていた。

肌理《きめ》の細かい肌は化粧をせずとも白く、唇もとには笹色紅《ささいろべに》を点《さ》している。

そもそもは大身旗本の娘、父が非業の死を遂げ、家も断絶となって花街へ売られる寸前までいった。事情を知った浮世之介に、運良く助けられたのだ。

蔭《かげ》のある艶《つや》めいた香保里に手を取られ、正吉は鼻の下を伸ばしながら奥座敷にあらわれた。

奥座敷では浮世之介と版元の重兵衛が待ちかまえており、伝次は下座に控えていた。

正吉は抹茶色の風呂敷を脇に置き、ひとしきり挨拶の口上を述べた。

「このたびは旦那衆のお招きにあずかり、微笑屋正吉、このうえなき幸せにござります」

「まあ、堅苦しい挨拶は抜きにしやしょう」

浮世之介が柏手《かしわで》を打つと、左右の襖《ふすま》がぱっと開き、いつのまに揃えたのか、華やかな芸者衆が登場した。

すでに、豪勢な膳は用意されている。

主菜の鱸《すずき》が赤い口を大きく開け、威嚇《いかく》しているようにもみえた。

「さ、とりあえずは一献」

返盃《へんぱい》を繰りかえし、正吉はすっかり良い気分になった。

「さて、肝心の主板だが、おもちいただいたかね」

「もちろんですとも」

正吉は重兵衛に促され、風呂敷を解いた。

一枚の版木を握り、うやうやしく差しだす。

「ちょいと失礼」

重兵衛は版木を手に取り、舐《な》めるように眺めまわした。

「確かに、まちがいない。版木はこれ一枚だけだろうね」

「そうですよ。ご心配なく」

「校合摺りは、何枚摺ったのかね」

「五枚ほど」

正吉はそう言い、摺った紙を五枚畳に並べてみせた。

墨の濃淡に差こそあれ、同じ版木で摺った品にまちがいない。

「それで、ぜんぶかい」

浮世之介が水を向けると、正吉は表情を曇らせた。

すかさず、重兵衛が懐中から一枚取りだしてみせる。

「ここに一枚ある」

「げっ」

「とある筋から手に入れた。さあ、そいつをどう説く」

正吉は穴が開くほど絵を眺め、ほっと溜息を吐いた。

「降参です。まちがいありません」

渡り中間に一枚盗まれたのだと、正吉は正直に告げた。

浮世之介は中間が殺められたことに触れず、さり気なく話題を変える。

「金はここにある」

袱紗《ふくさ》で覆った三方を、すっと引きよせた。

「版木を買うまえに、その絵に関わる事情を知っておきたい」

「そりゃもう、当然のことで」

「ではまず、下絵はおまえさんが描いたのかい」

「さようで」

「歌川派も舌を巻くほどのできばえじゃねえか」

「お褒めいただき、ありがとうございます」

「おまえさんさえよければ、名を売ってあげてもいい」

「ほんとうですか」

「ああ、ほんとうだとも。こちらに座っておられるのは、日本橋通油町に店を構える版元だよ。これとおもった絵師を世に送りだすのは朝飯前さ」

俄然《がぜん》、正吉の目が輝いた。野心の旺盛な男だ。

ここぞとばかりに、浮世之介は擽《くすぐ》った。

「ただし、正直に喋ってもらわなくては困る。わかるね」

「は、はい」

「なら聞くが、刺青を背負った年増は誰だい」

「横山同朋町にある近江屋さんのお内儀ですよ」

「そのお方ならたしか、亡くなられたはずだが」

「ええ、葬式はやったみたいですけどね」

「葬られたのは、本人じゃないとでも」

「ええ、たぶん」

「ほほう。そいつは聞き捨てならないが、理由を聞くのは後回しにしよう。はなしを戻すが、どうしてまた、太物屋のお内儀が背中に彫り物を」

「これには深い事情がありまして」

「それだ。深い事情とやらを、是非とも知りたい。知らねば絵の価値も半減する」

「ごもっともで。お内儀のおゆまさまは、そもそも、上方の在で生まれた水呑百姓の娘だったと聞きました」

物心ついたときからこきつかわれ、十四になって山女衒《やまぜげん》に売られた。売られたさきは京洛の外れにある岡場所、そこで性悪な男に騙《だま》され、背中に刺青を彫らされたのだという。

ところが、彫った彫り師がただ者ではなかった。彫り辰の手になる白粉彫りであったがために、刺青を背負ったおゆまの噂は京洛じゅうにひろまり、島原の大見世が大枚を叩《はた》いて鞍替えさせた。

「白粉彫りは、おなごなら誰の肌に彫ってもいいというものではないそうで」

「ふうん」

肌理の細かい、脈の透けてみえるほど白い肌でなければならない。

「さがしても百人にひとりいるかどうか。おおかた、彫り辰もおゆまの肌に惚《ほ》れたのでしょう」

刺青の絵柄は、当時上方で流行《はや》っていた歌舞伎の演目からとった。

演題は「乱れ髪女生首未練橋」という。

首を斬られても、裏切った男を慕う。底深い女の情念を描いたはなしだ。

おゆまは島原でも一、二を競うほどの花魁《おいらん》となったが、人気絶頂のところで、とんでもない失態をやらかした。

「足抜けです」

何と、相手は彫り辰だった。

ふたりは秘《ひそ》かに通じていたのだ。

足抜け女郎は捕まれば、厳しく罰せられる。

だが、幸運にも、おゆまを拾ってくれる忘八《ぼうはち》（楼主）があらわれた。

「それが江戸吉原は京屋の忘八でしてね、積んだ金子《きんす》は千両とも二千両とも噂されております」

花魁ひとりに千両単位の金を積めば、積まれたほうの面子《メンツ》も立つ。

おゆまは吉原の大見世に鞍替えし、京屋でもたいそうな評判をとった。

「仕舞いに片付いたさきが、近江屋彦八のところだったわけか」

「はい」

「彫り辰はどうなった」

「さあ。噂では、とんでもない借金を抱え、何処《いずこ》かに逐電したと聞きましたが」

正吉はお茶を濁した。彫り辰が江戸に出てきたことを疑っているのだ。

「おゆまのことが忘れられず、京から追ってきたのかもな」

浮世之介が鋭く突っこむと、正吉は首をかしげた。

「さあ、そこまではわかりません」

「なら、はなしを変えよう。絵のことを誰かに喋ったかい」

「え」

「正直に教えてくれ。喋った相手があるなら、その御仁も版木を欲しがるはずだ。あっちもこっちも欲しいでは、あとでまちがいが起きかねない。そうだろう」

「わかりました、喋ります。ただし、くれぐれもご内密に」

「承知した」

　正吉はすっと息を吸いこみ、旗本の名を口にした。

「駿河台のご大身、小栗弾正さまです」

「小栗さまといえば、三千石の腰物奉行」

「よくご存じで」

「おまえさんから近づいたのかい」

「ええ、裏の道では春画を高く買うと評判のご大身でしたから。今にしておもえば、絵をみせたことを後悔しております」

　小栗弾正は危うい好色旗本だったと、正吉は言う。

「うっかり白粉彫りのことを漏らしたところ、絵なぞいらぬ、本人を連れてこいと、刀を抜いて脅されました。それは恐いのなんの」

　刀を抜いたときの正気を失った目が、正吉は忘れられないという。

　浮世之介は、淡々とした口調で訊いた。

「おまえさんは刀で脅され、おゆまの素姓を喋ったのだな」

「はい。それが運の悪いことに、近江屋さんは小栗家出入りの商人でして。弾正さまはお内儀を拐《かどわ》かしてでも連れてこいと、ご家来衆にお命じになりました」

そうした矢先、薬研堀に首無し死体が浮かんだ。

「お内儀は死に、一件落着とおもいきや、そうは問屋が卸さない。弾正さまは、お内儀の死を疑っておいでです」

「それで、あの葬式は偽装だったと」

「はい。お内儀を失いたくない近江屋が仕組んだにちがいない。あれは猿芝居だと、弾正さまは踏んでおられます。白粉彫りの女は生きている。ほとぼりがさめるまで、どこかに隠しておくつもりなのだと、つい昨日も、つぶやいておいででした」

「おまえさん、今でも小栗屋敷に通ってんのかい」

「ええ、三日に一度は」

正吉は意味ありげに笑った。

おおかた、春画でも描かされているのだろう。

浮世之介は重兵衛と顔を見合わせ、満足げに頷いた。

これ以上、絵師に訊くことはない。

「さあ、おはなしすることはこれですべてです」

と、正吉も漏らす。

「では、版木のお金を頂戴しましょう」

「よし」

浮世之介は、ひらりと袱紗を払った。

「あ」

三方には、小判が五枚しか載っていない。

「ど、どういうことです」

「期待はずれかい。その版木にゃ、これくれえの価値しかねえんだよ」

「そんな」

「すべては、おめえさんが欲を掻いたことからはじまった。五両で足りねえってなら、版木を抱えてとっとと消えな」

正吉は渋々ながらも、五両を懐中に仕舞った。

考えてみれば、舟饅頭のおせいは五両の金欲しさに命を落としたのだ。

同じ五両でも重みがちがうと、伝次はおもった。

八

一刻も早く、おゆまを捜しあてたい。

足の裏に引っついた飯粒を取りたいのといっしょで、もどかしい気分だ。

伝次は近江屋を張りこんだ。

他人の目に触れたくないところに隠したとするならば、かならずや、彦八みずから動くはずだ。

案の定、張りこみから二日目の夜、近江屋の裏口に駕籠が一挺《ちょう》まわされてきた。

先導する提灯持ちもおらず、彦八ひとりで駕籠に乗りこむ。

伝次は闇に紛れ、後を跟けた。

駕籠は市中を緩慢にすすむ。

丸味を帯びた月が、どこまでも追いかけてきた。

風はそよとも吹かず、闇が重く伸《の》しかかってくる。

——どどん、どどん。

突如、遠雷のような音が聞こえてきた。

振りあおげば、大川の上空に花火が打ちあげられている。

花火はぱっと咲いたときよりも、砕けちって消えゆくすがたにおもむきがある。

そう漏らしたのは、浮世之介だった。

「まったく、そのとおりだぜ」

半刻《はんとき》余りも、そうやって走ったであろうか。
駕籠は永代橋を渡り、深川の奥へすすんだ。
濃厚な木の香りがする。
「木場か」
この界隈には、黒板塀の妾宅《しょうたく》が多い。
駕籠は島田町の露地裏へ滑りこみ、どんつきで止まった。
彦八が降りてくる。
酒手《さかて》を渡すと駕籠は去り、彦八は古びた仕舞屋《しもたや》の内に消えた。
駆けよってみると、表戸の狭間《はざま》から雑草がはみだしている。
伝次は易々《やすやす》と忍びこんだ。
表玄関を避け、簀戸門《すどもん》から中庭へ抜ける。
閉めきられた母屋《おもや》の雨戸を、一枚一枚入念に調べた。
どんなにきっちりした屋敷でも、一箇所くらいは綻《ほころ》びがある。
元こそどろだから言えることだった。
「ふっ、あったぜ」
おもったとおり、忍びこめそうな箇所をみつけた。

音も立てずに踏みこみ、廊下に蹲《うずくま》って気配を探る。

暗闇のなかでも、向かうべき方向はわかった。

抜き足差し足で廊下を渡り、二度ほど曲がる。

次第に、抹香臭さがただよってきた。

仏間だ。

身を寄せる。

襖の隙間から、有明行灯《あんどん》の灯りが漏れている。

微《かす》かに、男と女の吐息も聞こえてきた。

伝次は額の汗を拭き、襖の際に膝を寄せる。

筒型の小道具を取りだし、一方を襖に当て、一方に耳をくっつけた。

男女の会話が、はっきり聞こえてくる。

「おゆま、わたしはね、おまえのためなら命だって惜しくないんだよ。おまえがいなくなったら、たぶん、駄目になっちまうだろう」

彦八だ。歯の浮くような台詞《せりふ》を必死に並べている。

「おまえのために、殺しまでやってのけたのだ。な、おゆま、わかるだろう。あたしの本気のおもいが」

「わかりません。まさか、人を殺めるだなんて。しかも、辰五郎さんに押しつけるだなんて、あんまりです」

「彫り辰の借金を肩代わりしてやったのは、このあたしだぞ。泣きながら頼んだのはおまえだ、忘れたとは言わせぬぞ」

「旦那の御恩、忘れてなどおりません。でも、誰かを殺めるだなんて。そんな恐ろしいこと、何ひとつ教えてくれなかったじゃありませんか」

「教えたところで、どうにもなるまい。彫り辰だってな、おまえのためにやったのだ。おまえを生かすために、何の罪もない舟饅頭の首を斬ったのさ」

「やめて。旦那さま、あのひとは今どこに」

「江戸にはおるまいよ。どこか遠くでほとぼりをさましてこいと、告げてやったからな」

「そうですか」

「がっかりしたようだね。おまえはまだ、彫り辰に未練があるのか。許さぬぞ、おまえはあたしだけのもの、誰にも渡さぬ。さあ、口を吸わせておくれ」

「あっ、旦那さま……や、やめて」

むかっ腹が立ってきた。

もはや、近江屋の罪は明らかだ。

舟饅頭のおせいは、金満家の身勝手な欲のために命を縮めた。

ともあれ、今夜のところは去り、近江屋彦八とおゆまをどうするか、浮世之介に相談してみなければなるまい。

伝次は小道具を仕舞い、その場から慎重に離れかけた。

と、そのときである。

遠くで雨戸が蹴破られ、たたたと廊下を駆ける跫音《あしおと》が近づいてきた。

「ぬおおお」

恐ろしい野獣の咆哮《ほうこう》が、廊下を曲がって迫りくる。

伝次は石のように固まり、足を動かすこともできない。

「な、何だ」

眼前の襖が開き、夜着を肩に掛けた彦八が顔を出した。

その背後で、半裸のおゆまが背中を向けている。

生首女の刺青が、行灯の光に浮かびあがった。

「うへっ」

伝次は彦八と目が合い、腰を抜かした。

「おまえさん、何者だい」

彦八も仰天したが、迫りくる野獣の気配に脅えきっている。

伝次は彦八を振りきり、這うようにして逃げた。

廊下の隅の暗がりへ身を潜める。

と同時に、雄叫《おたけ》びの主が廊下を曲がってきた。

「おのれ、近江屋、謀《はか》ったな」

長身の月代侍が、刀を手にして近寄ってくる。

「ふへへ、覚悟せい」

月代侍は近江屋を見定めるや、白刃《はくじん》を上段に構えた。

「や、やめてくだされ」

今さら、命乞いは通用しない。

「ご、後生です……お、お殿様」

彦八は確かに「お殿様」と言った。

伝次は闇のなかで、兎《うさぎ》のように震えている。

「ぬりゃ……っ」

白刃が閃《ひらめ》いた。

「うぎゃっ」

彦八は袈裟懸けに斬られ、襖を破りながら倒れた。

灯《あか》りに照らされた「お殿様」の顔は、返り血を浴びた鬼のようだ。

小栗弾正か。

首をかしげ、じっと暗がりをみつめている。

血の滴る長尺刀を提げ、仏間に踏みこんだ。

「ひゃっ」

当て身を喰《く》らって気絶したおゆまを小脇に抱え、弾正がふたたび廊下にあらわれる。

「うけけけ」

鶏のように笑ってみせ、こちらに背を向けた。

廊下の角を曲がり、跫音が遠ざかってゆく。

ふうっと、伝次は溜息を吐いた。

気配が去っても、しばらくは動けない。

「くそったれ」

伝次は今さらながら、この件に関わってしまったことを後悔した。

九

駿河台の小栗邸に忍びこむのは、さほど難しいことではない。
ただ、あまりにも敷地が広いので、おゆまの所在をつかむのは骨が折れた。
おもいがけない推移に、伝次は面食らっている。
正気を失った旗本がおゆまを奪い、連れこんださきは自邸だった。
浮世之介に助《すけ》っ人《と》を請う暇もなく、小栗邸への潜入をはかった。
事の顚末《てんまつ》を見届けたい気持ちと、邪悪な気持ちが少しあった。
自分の目で白粉彫りを拝んでみたいとおもったのだ。
弾正とおゆまは、物音ひとつしない奥座敷にいる。
伝次は苦労して、屋根裏に忍びこんだ。
天井の羽目板をずらし、隙間から覗いてみる。
あっと、声をあげそうになった。
白髪頭の男がひとり捕まっていた。
全身に隈《くま》無く刺青がほどこされており、彫り辰であることは容易にわかった。

江戸から逃げるまえに捕まったのだ。

「わてらを、どないしはりますのや」

彫り辰は弾正に食ってかかり、家来から蹴りつけられた。

どの程度か判然としないが、かなり痛めつけられている。

奥座敷には弾正のほかに家来がひとり控え、彫り師とおゆまのほかに、微笑屋正吉のすがたもあった。正吉は口に絵筆を銜《くわ》えている。

「おい、女」

弾正はおゆまを裸に剝き、腕を取って彫り辰のほうへやった。

「刺青者同士、つがってみせよ。ほれ、どうした、早うやれ」

命じられても、ふたりは動かない。

「つがわぬのか、ならば斬るぞ」

弾正は、しゃっと長尺刀を抜いた。

彫り辰は仕方なく、おゆまを引きよせる。

白刃をみせられては、何ひとつできない。

おゆまは泣きながら、彫り辰に縋《すが》りつく。

口と口を吸い、たがいの肌を搔きいだく。

「あ、ああ……」

おゆまの肌が、次第に上気してきた。

それにつれて、背中の生首が桜色に染まりだす。

「お、ははは、それじゃ、それそれ」

弾正は刃を畳に突きさし、手を叩いて喜んだ。

用人は木偶《でく》の坊と化し、正吉は黙々と絵筆を動かしつづける。

彫り辰とおゆまは、おもいを遂げることができない。

気ばかり焦って、肝心なものが役に立たないのだ。

「情けない。つがわぬというなら、こうしてくりょう」

弾正は白刃を畳から抜いた。

逆手に持ち、頭上高く翳《かざ》す。

伝次は天井裏で息を詰めた。

おゆまは彫り辰を仰向《あおむ》けに寝かせ、上から覆いかぶさっている。

背中の生首が生き物のように、くねくねと蠢《うごめ》いていた。

「せいっ」

弾正の掛け声とともに、白刃が閃いた。

生首の赤い口に、切っ先が突きたてられる。

「うぐっ」

鋭利な切っ先は肌理の細かい肌に吸いこまれ、なおも深々と刺さってゆく。

さらには、彫り辰の腹をも突きやぶり、ずぶずぶと貫通していった。

「ぬぎゃあああ」

文字どおりの田楽刺《でんがくざ》し、男と女は死にきれずにもがいている。

「ふはは、さあ、描け。何をしておる、描くのじゃ」

弾正は返り血を浴びながら嗤《わら》いあげた。

「ひぇええ」

正吉は、絵を描くどころではない。

腰を抜かし、恐怖におののいている。

「描け、描かぬか」

「どうか……どうか、ご勘弁を」

「勘弁できぬ。描けぬというなら、こうしてくりょう」

「ぬぎゃっ」

閃光が奔《はし》り、正吉の右腕が肩口から落ちた。

血溜《ちだ》まりのなかを、哀れな絵師が泳いでいる。

「ぎゃあああ」

断末魔が尾を曳《ひ》いた。

伝次は眸子を瞑り、両耳を必死に塞《ふさ》ぐ。

弾正は用人に向かい、平然と言い捨てた。

「屍骸は山狗にでも食わしておけ」

「は」

天井裏から、どうやって逃げだすか。

伝次は、その一点だけを考えていた。

十

青田が一面に色づくころ、土用の陽射《ひざ》しは燃えあがる。

禍々《まがまが》しい出来事から十日が経《た》ち、三伏《さんぷく》の酷暑となった。

陽が落ちても暑さは去らず、人々は涼を求めて川へ向かう。

浮世之介は頬被りの船頭に化け、屋根船に棹《さお》をさしていた。

大川の上空には、花火がやつぎばやに打ちあげられている。
――ばりばり、ばりばり。
人の話し声すら、まともに聞こえてこない。
花火の真下に入ると、火の粉が降ってきた。
「きゃああ」
芸者たちは騒ぎたて、客を喜ばせた。
伝次も頬被りをきめ、船頭に扮《ふん》している。
今宵はただの遊山《ゆさん》ではない。
土手際に並べた筒先から、尺玉は間断なく打ちあげられた。
家紋入りの提灯やら幟《のぼり》やらで、船は飾りたてられている。
莫迦騒ぎの中心にいるのは誰あろう、小栗弾正であった。
「ほら、唄え、踊れ」
用人も隣に侍《はべ》り、遠慮せずに酒を呑んでいる。
ふたりは芸者や幇間《ほうかん》に囲まれ、すっかり良い気分のようだ。
弾正は羽目をはずし、花火の小筒を構えるや、周囲の小舟に向かって打ちこんだり
している。芸者たちは歓声とも悲鳴ともつかぬ声をあげたが、炸裂《さくれつ》する花火の音に掻

き消されていった。

「船頭、大橋に向かえ。屋形船を蹴散らしてやる」

弾正が鼻息も荒く叫んだ。

船頭は頭上で棹を旋回させ、命じられたのと反対の方角へ漕《こ》いでゆく。

「こら、どこに行く」

「お殿様、莫迦もたいがいにしたほうがいい」

「何じゃと」

激昂《げきこう》したのは用人のほうだ。

浮世之介は落ちついている。

「船寄せに向かいやしょう。もう、莫迦騒ぎは仕舞《しめ》えだ」

「こやつ、下郎の分際で何を抜かすか」

用人は刀を抜いた。

抜いた途端、ぶんと棹が飛んだ。

先端が撓《しな》り、高慢な鼻面を弾く。

「ぬはっ」

用人は船縁《ふなべり》から落ちていった。

「おのれ、船頭め」

弾正だけは眸子を剝いたが、芸者たちは冷めている。

みな、浮世之介の息が掛かった連中なのだ。

「おぬし、何者だ」

「別に、名乗るような者じゃござんせんよ」

「だったら、なぜ、このようなことをする」

弾正に糺《ただ》され、浮世之介はがらりと口調を変えた。

「てめえみてえな蛆虫《うじむし》を、のさばらせておくのもしのびねえ。江戸の町人になりかわり、人殺しの大身旗本を懲らしめてやろうってわけさ」

「小癪《こしやく》な。死ね、下郎」

ひゅんと、白刃が伸びてくる。

浮世之介は鼻先で軽々と躱《かわ》し、棹をくるっと旋回させる。

先端が槍《やり》のようにくんと伸び、尖《とが》った咽喉仏を突いた。

「うぐっ」

弾正は苦しげに蹲《うずくま》る。

咽喉が潰《つぶ》れ、声も出なくなったにちがいない。

伝次の舵《かじ》取りで、船首が汀に寄ってゆく。

「纜《ともづな》を投げろ、早く」

兎屋の若い衆が、汀で待ちかまえていた。

纜を棒杭《ぼうくい》に引っかけ、屋根船を繋ぎとめる。

浮世之介は船端《ふなばた》に歩みより、苦しがる弾正の鳩尾《みぞおち》に拳を埋めこんだ。

「うっ」

若い衆に手伝わせ、船端から引きずりおろす。

芸者たちは御役御免となり、挨拶を交わして土手の向こうに去った。

浮世之介は気を失った弾正の髷をつかみ、草のうえを引きずった。

小枝がぽきぽき折れ、絹地の着物が破れてしまう。

たどりついたさきは、石の転がる河原だった。

花火の筒が、ずらっと並んでいる。

「浮世殿、こっちこっち」

手をあげて合図するのは、花火師の元締めだ。

浮世之介とは顔見知りで、狢仲間でもある。

「大将、お待ちどおさま。支度は」

「へへ、任しときな。仕舞いの亥刻《いのこく》まではまだ、たっぷりある」

元締めの協力を得て、大きな筒を築いてもらった。

筒と背中合わせに弾正を縛りつけ、花火を打ちあげようという趣向だ。

筒は熱をもち、背中を火傷《やけど》させるだろうし、発火口に散る火花は髪を黒焦げに燃やすだろう。痛みとともに、死の恐怖を味わわせてやるには、もってこいの方法だ。

助けを呼ぼうにも、咽喉が潰れているので声は出ない。

轟音《ごうおん》のせいで、耳も潰れてしまうにちがいない。

野晒しにされた黒焦げの弾正は、翌朝、河原で発見される。

一命をとりとめたとしても、出仕は叶《かな》わぬだろう。

悪行の数々を綴《つづ》った書面は、近江屋彦八の名で目安箱に投函《とうかん》しておいた。

目安箱に目を通した公方の命令一下、目付が動く。

待っている沙汰は切腹か斬首、直参の恥は闇から闇へ葬られる。

夜空には、花火が大輪の花を咲かせていた。

件の版木も、花火ともども砕けちった。

おゆまの生首絵が、世に出ることはない。

版元の重兵衛にも、そこまでの商魂はなかった。

――どん、どどん。

大筒から、ひときわ大きな花火が打ちあがった。

「玉やあ」

浮世之介が掛け声をあげる。

「後味の悪い結末だぜ」

と、伝次はつぶやいた。

唯一の救いといえば、付木店に住むふたりの幼子が、養子を望む商人夫婦に引きとられたことだ。無論、浮世之介の口利きであった。

「せめて、そのくれえのことはしてやらねえとな」

首を無くしたおせいも、浮かばれまい。

夜空を彩る大輪の花が、手向けの花にみえる。

「南無……」

伝次は両手を合わせ、ぎゅっと眸子を瞑った。

ひとり長兵衛

一

裏の雑木林で法師蟬《ほうしぜみ》が鳴いていた。

七夕の井戸替えが済むと、翌朝からいつもの静けさが戻る。

一年の垢《あか》を落としてすっきりした気分になるのは、兎屋の帳場を預かる長兵衛だけではない。

長兵衛は朝未《まだ》きのうちに起きて、住まいのある小網町長屋の裏木戸を抜けた。

へっつい河岸《がし》を掠《かす》めて住吉町、高砂町《たかさごちょう》、富沢町と斜めに突っきってゆく。

霧の衣を纏《まと》った町は押し黙り、豆腐売りや納豆売りの呼び声すら聞こえてこない。

ひんやりとした空気が何よりの薬だなと、長兵衛はおもった。

このところ、どうもからだが重く、眩暈《めまい》がするときもあった。

さほど忙しくもないのに、寄る年波には勝てぬということか。

あきらめていると、浮世之介にどうしたのかと聞かれた。

症状を告げると、早起きして散歩をするのがいいと教えられ、一念発起、はじめてみたのだ。すると、今まで目にしたことのない景色がみえてきた。

毎朝、小網町と両国橋西詰めのあいだを往復する。

もう、五日目だ。

長兵衛は浜町河岸に架かる栄橋を渡り、橘町《たちばなちょう》に出た。

白みかけた町はまだ、眠りに就いている。

風は緩やかに流れ、次第に霧が晴れてきた。

黒板塀の片隅に、薄紅色の葵《あおい》が咲いている。

芥《ごみ》拾いの親爺《おやじ》が、せっせと芥を拾っていた。

「精が出るねえ」

声を掛けても、返事は戻ってこない。

銭をせびられそうなので、急ぎ足になる。

大路を避けながら歩き、両国広小路にたどりついた。

人影も少ない広小路を突っきり、大橋のそばの土手にのぼる。

「おお、ほほほ」

日の出に間にあった。

朝陽《あさひ》が頭を出した途端、無数の欠片《かけら》が煌《きら》めきながら川面《かわも》にちりばめられた。

美しい。目も開けられないほどだ。

「早起きは三文の徳とは、よく言ったものよ」

長兵衛は土手をおり、米沢町の四つ辻《つじ》に向かった。

表通りに建つ団子屋の老夫婦も、仲良くご来迎《らいこう》を拝んでいる。

「おはようございます」

長兵衛が挨拶すると、穏和な笑みが返ってきた。

老夫婦は息子夫婦と同居しており、初孫が生まれたばかりで嬉《うれ》しそうだ。

初孫の誕生を感謝しつつ、家族がひとりも欠けることなく、いつまでも健やかに暮らせるようにと祈念しているのだろう。

「豆腐、豆腐」

露地裏には、豆腐売りの声が響いている。

洟垂《はな》れどもが起きだし、歓声をあげながら走りまわっていた。

「これが人の営みだな」

町の温《ぬく》もりを噛《か》みしめつつも、どうしようもない淋《さび》しさにとらわれてしまう。家族と呼べる者のいない淋しさ、年を重ねればいっそう孤独は深まっていく。だが、悔いはない。まじめに働き、ときには羽目もはずした。他人様《ひとさま》に迷惑を掛けたことはない。それだけは、胸を張って言える。平凡だが、悔いのない人生だった。

浜町河岸まで戻り、汐見橋《しおみばし》を渡って朝日稲荷《あさひいなり》のほうまで足を延ばす。

大路に土煙を巻きあげ、大八車が奔《はし》ってきた。

「どけどけ、危ねえぞ」

何とか避《よ》けたものの、毛穴から汗が吹きでた。

眸子《まなこ》を細めると、稲荷社の杜《もり》が霞《かす》んでみえる。

朱の鳥居がぐるぐる廻《まわ》り、意識が遠のいていく。

「うっ……く」

心ノ臓が苦しい。

両手で胸を抱え、長兵衛は蹲《うずくま》った。

意識が次第に遠のいていく。

「どうしました、大丈夫ですか」

駒下駄《こまげた》の音が近づいてくる。

目が開かない。

誰かが優しくからだをさすってくれた。

道端で仰向《あおむ》けになってしまったらしい。

「あわ……あわわ」

口がうまく廻らない。

何とか、薄目を開けた。

「もし、もし、しっかり……今、お医者さまを呼びにやりましたからね」
十六、七の町娘が心配そうに覗《のぞ》きこんでいる。
「お、おたみ」

「え」

手代のころ、深い仲になった女中の名を口走っていた。

三十年もむかしのはなしだ。

おたみを病気で亡くして以来、本気で惚《ほ》れた女はいない。

娘が口をぱくつかせ、何かを喋《しゃべ》っている。

どう眺めても、泣き顔がおたみにそっくりだ。

「お、おたみ」

闇《やみ》に浮かぶ葵の花が、可憐《かれん》な娘の顔と重なった。

つぎの瞬間、長兵衛の意識はぷつっと途切れた。

二

翌日、小網町長屋。

長兵衛は目を醒《さ》ました途端、ぐえっと蛙《かえる》のような声をあげた。

隣部屋の嬶《かか》ァの吹き出物だらけの顔が、鼻先にあったからだ。

「おや、目を醒ましなさったよ。親方、ほら」

「どれどれ」

呼ばれてひょいと覗きこむのは、浮世之介である。

――親方。

叫ぼうにも、声がうまく出てこない。

起きようにも手足が痺《しび》れ、おもいどおりに動かなかった。

「おっと、無理は禁物だ。生死の境を彷徨《さまよ》っていたんだからな。少しばかり手足の痺れは残るが、四日もすればよくなるそうだ。四日後といえば盂蘭盆会《うらぼんえ》の魂迎《たまむか》え、ご先祖さんをお迎えするめえに、でえじな番頭を逝かせるわけにゃいかねえ。へへ、縁起でもねえことを言っちまったな。真に受けるんじゃねえぞ。食い物に気を付け、寝酒も控えてな、動けそうなら少しずつ、からだを動かしたほうがいいらしい」

感謝のことばを述べたくても、口がいうことをきかない。

自然と、涙が溢《あふ》れてきた。

感謝と口惜《くちお》しさの入り混じった涙だ。

「あら、いやだ。このひと、泣いちまったよ」

「おかみさん、夕餉《ゆうげ》に粥《かゆ》でも作ってやってくれ」

「承知しましたよ」

「長兵衛は、おれにとってかけがえのない男でな。ぽっくり逝かれたら、こっちが往生しちまう。お隣さんの誼《よしみ》で、何かと面倒をみてやってほしい。これは些少《さしょう》だが、取っといてくれ」

浮世之介は腕を伸ばし、一分金を嬶ァの手に握らせた。

「こ、こんなにいいんですかあ」

「いいんだよ」

「わたしでよかったら、いくらでも使ってくださいな」

嬶ァは満面に笑みを浮かべ、長兵衛の褥《しとね》を直しだす。

意地汚いところのある嬶ァだが、根はわるい人間ではない。

「頼むぞ。何かあったら、へっつい河岸の兎屋まで使いを寄こしてくれ」

「はいはい」

浮世之介は、よっこらしょっと腰をあげた。

腕にはなぜか、白い子犬を抱えている。

長兵衛が拾って育てている飼い犬だ。

名もちゃんとある。

「心配《しんぺ》えすんな、長吉《ちようきち》はとうぶん預かってやる」

「あう、あう」

長兵衛が半身を起こしかけ、必死に呼びとめようとする。

「どうしたい、別れが辛《つれ》えのか。少しの辛抱じゃねえか。ん、長吉のことじゃねえのか。何か欲しいものでもあるのかい」

浮世之介が優しく問いかけると、長兵衛は泣きながら拝んでみせる。

「誰かに礼が言いてえのか。あ、わかった。おめえを助けてくれた娘にだな」

哀れな長兵衛は、何度も頷《うなず》く。

「若い者を出向かせて礼はしといたが、ま、教えといてやろう。おめえを助けてくれたのは、おらくという十六の娘でな、朝日稲荷の水茶屋で働いているらしい。おらくに助けられなかったら、今頃、おめえはあそこにいる」

浮世之介は笑いながら、空を指差した。

炊煙を逃がす天窓から、蒼《あお》い空がみえる。

綿のような雲が、のんびりと流れていた。

雲のかたちが、誰かの泣き顔にみえてくる。

「お、おたみ」

いや、おらくだ。

どうしても、礼を言いたい。

そう、長兵衛は強くおもった。

三

文月《ふづき》十三日は魂迎《たまむか》え。

夕刻になれば兎屋の門口にも迎え火が焚《た》かれ、軒下には切子灯籠《どうろう》が飾られる。浮世之介はめずらしいことに白い麻裃《あさかみしも》を着け、朝から経をあげていた。信心深いところがあり、平素から祖霊への供養を欠かしたことはない。

一方、長兵衛は嬶ァの助けがなくともひとりで寝起きし、しっかりとした足取りで歩けるまでに快復していた。

ことばはまだ不自由だが、相手に意志を伝えることはできる。

巳《み》の四つ半をまわったころ。

長兵衛は浮世之介に教えられたとおり、朝日稲荷の門前裏までやってきた。残暑は厳しく、じっとしているだけでも汗ばんでくる。

けっこう早く家を出たつもりだが、おもいどおりに足が動かず、正午近くになってしまったのだ。

水茶屋は門前ではなく、門前裏の寂《さび》れた横町にあった。

屋号は「中吉《なかよし》」といい、目立たないので客の影もない。

玄関口にからみついた蔓《つる》状の朝顔は、みな萎《しぼ》んでいる。

長兵衛は沈んだ気分になりながらも、古びた平屋の敷居をまたいだ。

客はいない。土間には毛氈《もうせん》で覆った長床几《ながしょうぎ》が二台ほど置かれている。

が、やはり、水茶屋の雰囲気ではない。

どちらかといえば、妾宅《しょうたく》のようだ。

長兵衛は奥に向かって、声を張りあげた。

「ごめんくらはい、ごめんくらはい」

二度呼んで、ようやく、人の気配が動いた。

「はい、いらっしゃいまし」

奥から応対にあらわれたのは、目つきの鋭い三十男だ。

前垂れはしているものの、水茶屋の旦那にはみえない。

髷《まげ》先は散らされ、鬢《びん》はてらてら光っている。

賭場《とば》の格子裏にでも座っていそうな男だ。

堅気にはない陰湿さを感じる。

おらくに逢《あ》いたい旨を伝えると、男は溜息《ためいき》まじりに首を振り、今日は出てきていないと応じた。

「あの娘、お荷物を抱えているのさ」

男は口端を吊《つ》って笑い、おらくの住まいを教えてくれた。

富沢町の貧乏長屋だ。さほど遠くない。

疲れを感じていたが、長兵衛はそちらに足を向けた。

古着商の店が並ぶ露地裏に、薄汚い棟割長屋は建っていた。

おらくは父親とともに、ここで暮らしているのだ。「お荷物」とは、病気で寝たきりの父親のことらしい。

娘の稼ぎだけで、やっていけるのだろうか。

心配になりながら、長屋の木戸を潜《くぐ》った。

「うっ」

臭い。

どぶ板の隙間から、汚物が溢れている。

長屋はうらぶれており、襤褸《ぼろ》を纏った貧乏人ばかりが住んでいた。

訪ねるべき部屋は、すぐにわかった。

井戸替えもしていない古井戸のそばだ。

黄ばんだ油障子に近づけば、ぜろぜろと嫌な咳《せき》が聞こえてくる。

「ごめんくら……くらくら……はい」

障子を開けて敷居をまたぐと、子犬のような娘がこちらをみた。

おらくだ。

粗末な着物を纏っているものの、肌だけは白い。白粉《おしろい》を塗っているわけではなく、糸瓜《へちま》の水か何かで地肌を磨きこんだような白さだ。襤褸長屋の雰囲気とはそぐわない。掃きだめに鶴とは、まさに、おらくのことをいうのだろう。

長兵衛は、ぎこちなく微笑《ほほえ》んだ。

「わ、わらしを……お、おぼえておいれか」

おらくはこっくり頷き、わずかにはにかんだ。

痩《や》せた男は褥に臥《ふ》したまま、眸子だけをぎらつかせている。

「あの、何か」

おらくは、淡泊な調子で問いかけてくる。

長兵衛は焦った。

ぱくつかせた口が、隣の嬶ァに食わせてもらった鯉《こい》のようだ。

「お、おれおれ……お礼を」

ようやく、それだけ言い、長兵衛は懐中に手を突っこむ。

紙に包んだ一両を抜きとり、震える手でおらくに押しつけた。

「こ、これを」

「え、困ります、いただけません」

「何で」

「兎屋の親方に、充分すぎるほどしていただきました」

それとこれとは、はなしがちがう。

長兵衛は黙って背を向け、敷居に躓《つまず》きながらも外へ出た。

「お待ちを、兎屋の番頭さん」

呼びとめられても、振りむこうとはしない。

長兵衛はふらつきながらも、どぶ板をしっかり踏みしめた。

四

盆の終わりの藪入《やぶい》りになると、長兵衛はすっかり快復した。

手足の痺れもないし、呂律《ろれつ》もまわる。

久方ぶりに兎屋に顔を出すと、子犬の長吉が尻尾《しっぽ》を振りながら出迎えてくれた。

「おほ、長吉、元気そうじゃねえか、なあ」

抱きあげてやると、くんくん鼻を擦りつけてくる。

「へへ、可愛《かわい》いやつめ」

浮世之介が、奥からのっそりあらわれた。

「よう」

「あ、親方」

なぜか、からくり人形を抱えている。

「どうだい、具合は」

「へえ、もうすっかり」

「良くなったかい」

「ご心配をおか、おか、おけか……」

「ふはは、無理は禁物だって言ったろう。喋り馴《な》れてねえだけさ。でも、今日からは長吉っていう話し相手がいる。気に病むことはねえよ」

「へ、へえ」

「徳松のやつが、長吉をえらく可愛がっていたぜ。別れを悲しむだろうが、ま、しょうがねえや。小網町の長屋を訪ねりゃ、いつでも逢えるからな」

「へえ、そりゃもう。徳ぼんにゃ、毎日でも来てもらいてえ」

「ほれ、帳場に座んな。そこはおめえの席だ」

座布団をひっくり返され、長兵衛は嬉しそうに頭を搔《か》いた。

長吉がとことこ駆け、さきに座布団へ登る。

「こんにゃろ」

長兵衛は草履を脱ぎ、上がり框《かまち》に足を引っかけた。

すっと、手が伸びてくる。

温かくて、大きな手だ。

「す、すみません、親方」

「いいってことよ」

長兵衛は深々と頭をさげ、売場格子の内へ身を沈めた。

やっぱり、馴染《なじ》んだ場所はいい。

長吉が膝のうえで気持ちよさそうに蹲る。

「しっくりくるかい」

「そりゃもう」

「な、おめえの代わりはいねえのさ。おめえは家族なんだよ。徳松もおちよも、みんなそうおもってる」

「お、親方……」

礼を言おうとした途端、ぐっとことばに詰まってしまう。

長兵衛はじゅるっと洟水《はなみず》を啜《すす》り、使い慣れた算盤《そろばん》や帳場箪笥《だんす》の環《かん》に触れた。

浮世之介はあいかわらず、からくり人形をいじくっている。

「ふふ、こいつが気になるかい。ご覧のとおり、からくり人形さ。茶運び人形ってのをみたことがあるだろう。あれと同じ理屈でな、こいつは馬に乗ったまま矢を射る流鏑馬《やぶさめ》人形だ。端午《たんご》の節句に欠かせねえらしいんだが、べらぼうに値の張る品でな、いくらだとおもう。十両だとよ」

「じゅ、十両、そいつを買われたので」

「いいや、貰《もら》ったのさ」

「誰に」

長兵衛はすかさず、咎《とが》めるような眼差《まなざ》しをする。

「ふふ、しっかり者の面《つら》が戻ってきたな」

「親方、からかうのはよしてくださいな」

「わかったよ。これをくれたのは土圭師《とけいし》の親方さ」

「土圭師」

「ああ、櫓《やぐら》時計や枕時計を作る手先の器用な連中が、こうしたからくり人形をこしらえてな、骨董屋《こっとうや》を介して物好きな大名や旗本に売るらしい」

「ほう。でも、どうして、それを親方に」

「くれたのかって。ちと事情《わけ》があってな。おっ」

浮世之介は顔をあげ、表口をみた。

「噂《うわさ》をすれば影。ほうら、土圭師の師弟がおいでなすった」

敷居をまたいできたのは、白髪の男と気弱そうな若い男だ。

「長兵衛、紹介しよう。喜三郎《きさぶろう》師匠と弟子の仙六《せんろく》だ」

師匠の喜三郎が応じた。

「これはこれは、しっかり者の番頭さんですね。お噂はかねがね。このたびはとんだことでした。それにしても、まだお若いのに、散歩中に心ノ臓が詰まっちまうなんてね」

長兵衛はぎこちなく笑い、お辞儀をする。

「ちょいと、冷てえものでも」

長兵衛は座を外し、麦湯を三つ盆に載せて戻ってきた。

師匠は麦湯を呑《の》みほし、穏和な笑みを浮かべながら喋りだす。

「しかし、だいじにならずによかった。それこそ、不幸中のさいわいでしたな」

「へえ」

「不幸中のさいわいと申せば、親方から聞いておられませんか」

「へえ、まだ」

「じつは、仙六のやつが深川の岡場所でつつもたせに遭いましてな、下手をすれば命まで落としかねないってときに、浮世の親方に助けていただいたんです。今日は御礼をとおもいましてね」

浮世之介が口を差しはさむ。

「何かとおもえば、それでわざわざお越しを。ご丁寧に申し訳ありませんね。でも、お礼はもうしてもらいましたよ。ほら、こいつを頂戴した」

流鏑馬人形は首が抜け、手足もばらばらになっている。

「へへ、ちょいと、からくりが知りたくなりやしてね、ばらしたら元に戻らなくなっちまった」

「それなら、ちょうどよかった。これ、仙六、直して差しあげなさい」

「へえ」

仙六は人形を手にするなり、人が変わったように生き生きとしはじめた。

「さすがは職人だな。あれだけ真剣な顔をみたら、惚れるおなごもいよう」

浮世之介がからかうと、師匠は溜息を吐《つ》く。

「本業を離れたら、ただの騙《だま》され小僧で。恥ずかしいったらありゃしねえ」

「若気のいたりさ。過ちを繰りけえしてはじめて、一人前になる。かえって、人間の幅が出るってもんだ」

「親方、焚きつけてもらっちゃ困りますよ」

「はは、そうだな」

「相手は匕首《あいくち》まで呑んでいたっていうじゃありませんか。親方に助けてもらわなければ、仙六は一生を棒に振ったにちがいない。これは大袈裟《おおげさ》なはなしじゃありやせんよ」

浮世之介が仙六の身柄を届けにきてくれた晩は、師匠も気が動顚《どうてん》し、ろくに礼も言えなかった。

「だから、あらためて礼をしたかったんですよ」

喜三郎は笑いながら、後生大事に抱えてきた風呂敷を解いてみせる。

「ほほう、これはすごい」

浮世之介はおもわず、感嘆の声を漏らした。

風呂敷のなかから、大きなからくり人形が登場したのだ。

「親方、これは肩叩《たた》き人形にござります」

「ほほう」

「ちょいと、ここに座っていただけやすかい」

「よし」

浮世之介は裸足《はだし》で土間に降り、人形に付けられた板に座った。

ちょうど、人形の腹に抱かれるような恰好《かっこう》になる。

「じゃ、めえりやすよ」

師匠が大きな捻子《ねじ》を廻すと、背中の輪が上下に移動し、それと同時に人形の腕が交互に上下し、浮世之介の肩を叩きだす。

「いかがです」

「ちと、痛いな」

「強さは加減できますよ。さ、これでいかがです」

「ふむふむ、なかなかのものだ」

「さるお大名が、これを百両でお求めになりました」

「ほう」

「どうぞ、お納めください」

「え、いいのかい」

「親方に気に入っていただければ本望です」

「ありがたい」

浮世之介は赤ん坊のように微笑み、片目を瞑《つむ》ってみせる。

土圭師の師弟も、心《しん》から嬉しそうに笑った。

この男たちもまた、浮世之介に惚れたのだ。

——おめえは家族なんだよ。

長兵衛は帳場で長吉を抱きながら、そのことばを嚙みしめていた。

五

精霊流しの余韻がのこる翌朝、長兵衛は散歩をまたはじめた。

調子に乗って、少しばかり帰りの道筋を変えてみる。

足を向けたさきは、富沢町の露地裏だった。

うらぶれた裏長屋の饐《す》えた臭いのただよう部屋、訪ねてみるつもりはなかったが、おらくの様子を遠くからでも窺《うかが》いたかった。

朝餉前のこの時刻なら、まだ部屋にいるだろう。

木戸のそばまで足をはこび、長兵衛は固まった。

さっと、物陰に身を隠す。

山形に積まれた天水桶《おけ》のところで、ふたりの男が喋っていた。

ひとりは、おらくの父親だ。

そして、もうひとりは、風体の怪しいごろつき風の男だった。

長兵衛は気づかれぬように蹲り、じっと聞き耳を立てた。

「親爺、わかってんだろうな。てめえのこしらえた借金は三十両なんだぜ」

「さ、三十両だと。莫迦《ばか》言うな。そんなに借りたおぼえはねえ」

「ふん、おぼえがねえとは言わせねえぜ。おめえは借りた金で賭場へ行き、きれいさっぱりすっちまった。金はすってても貸しは残る。利子が乗っかってな」

「ちくしょう、ぼったくりやがって」

「親爺さんよ、からっけつのおけらになってから、その言い種《ぐさ》はねえだろ。高利を承知で借りたんじゃねえのか」

「くそったれ」

「あんだと、この」

ばすっという鈍い音につづき、親爺の呻《うめ》きが聞こえてくる。

ぺっと、ごろつきは唾《つば》を吐いた。

「期限は明後日《あさって》の夕方だ。暮れ六つまでに返えせねえとなりゃ、おめえのでえじな娘を岡場所に沈めるしかあんめえ」

「それだけは、それだけは」

「勘弁ならねえんだよ」

おらくの父親は、高利貸しの手先に脅されている。

長兵衛は石のように動かず、ごろつきが去るのを待った。

そして、誰もいなくなると、その場からそっと離れた。

長屋の木戸を潜る気になれない。

長兵衛は、別のことを考えている。

考えながら、露地裏から露地裏へ、縫うように歩きつづけた。

「三十両、三十両……」

と、念仏のように唱えている。

そのたびに、おらくの顔が浮かんでは消えた。

おらくの泣き顔だけはみたくない。親切な娘が岡場所に沈められるのを黙って見過ごすわけにはいかなかった。

「三十両なら、何とかなる」

こつこつと貯《た》めた金があった。

それを、おらくのために使いたい。使っても惜しくはない。

「よし」

腹を決めたら、何やら嬉しくなってきた。

他人の役に立とうとしている。

そのことが嬉しいのだ。

生きている実感が湧いてくる。

長兵衛は弾むような足取りで、へっつい河岸にたどりついた。

六

帳場でうとうとしていると、伝次がついと顔を出した。

「おっさん、見舞いに来てやったぜ」

一升徳利《どっくり》を差しだしてみせる。

長兵衛は舌なめずりしつつも、首を横に振った。

「いけねえ、いけねえ、酒はやめてるんでな」

「少しくれえは平気さ。酒は百薬の長だぜ」

「そうだな。ま、いっか」

「そうこなくっちゃ」

伝次はぐい呑みを取りだし、袖で拭《ふ》いて酒を注《つ》ぐ。

「ほれ、ぐいっと」

「あいよ」

長兵衛は唇《くち》もとを突きだし、ぐい呑みを一気に空けた。

「ぷはあ、うめえ。小腸《はらわた》に沁《し》みわたる」

「そうだろうともよ。ところで、やけに嬉しそうじゃねえか。何か、良いことでもあったかい」

「別に」

「女だな。さては、町芸者から粉でもかけられたか」

「おれは六十年も生きてんだぜ。転び芸者に騙《だま》されるほど莫迦じゃねえ」

「それじゃ、何だってんだよ」

「影聞《かげき》きなんぞにゃ喋らねえ。減っちまうのがもったいねえかんな」

「あ、そうかい。ふん、せいぜい気をつけな。巷間《ちまた》じゃ、手の込んだつつもたせが流《は》行《や》ってるらしいぜ」

「つつもたせだと」

そう言えば、土圭師の弟子もつつもたせに遭ったと聞いた。

板間の隅には、弟子の手で直された流鏑馬人形が置いてある。

さっそく、伝次が興味を向けた。

「何でえ、ありゃ」

「からくり人形だとさ。自分で矢を番《つが》えて放ち、放った矢を取りにいくんだとよ」

「そいつはすげえ」

伝次は人形に近づき、ひょいと持ちあげる。

「触らねえほうがいい。親方に叱られるぜ」

「なあに、心配はいらねえさ。こうみえて、手先は器用でな」

伝次は捻子を巻き、人形を動かそうとする。

「やめとけって」

馬に乗った人形は動きを止め、面前に構えた弓に矢を番《つが》えた。

やにわに、びゅんと放ってみせる。

「うわっ」

矢は一直線に飛び、長兵衛の鬢《びん》を掠めて格子に突きささった。

ぷるぷる震える矢柄を、ふたりともきょとんとみつめている。

「す、すげえ威力じゃねえか」

伝次は人形をいじくりまわし、仕舞いには分解してしまった。

「あれれ、まずいことになっちまったぞ。おっさん、どうしよう」

「だから、言ったこっちゃねえ」

「退散、退散」

伝次は尻尾を丸め、煙のように居なくなる。

長兵衛はがらくたも同然になった人形を拾いあげた。

「こいつは、おれの手にゃ負えねえな」

口惜しげに漏らし、ふと、帳場に目をやる。

箪笥の抽斗《ひきだし》から、小金がはみだしていた。

二十両ほどはある。

手を伸ばしかけ、慌てて引っこめた。

「いけねえ、いけねえ。何を考えてんだ」

みずからを戒め、周囲に目をくれた。

誰もいないはずなのに、誰かにみられているような気がする。

そうした感じは、散歩のときもずっと付きまとっていた。

「まさか、疫病神じゃねえだろうな」

長兵衛は、ぶるっと身を震わせた。

七

翌日。

やはり、何者かの眼差しが背中に貼りついている。

だが、振りむいても、それらしき人影はない。

「気のせいか」

長兵衛はつぶやき、さきを急いだ。

懐中がずしりと重い。

こつこつ貯めた三十両を抱えている。

金の重みは、これまで生きてきた人生の重みだ。
大袈裟なはなしではなく、そんな気がしていた。
親切な娘を不幸から救うために、おれは人生を賭ける。
そんなふうにおもえば、自然と肩に力もはいってくる。
若い時分に抱いた熱情にも、どこか通じるところがあった。
「嬉しいな」
自分にもまだ熱情がのこっていて、それを呼びさまされたことが嬉しい。
最初に足を向けたのは朝日稲荷の門前裏、件《くだん》の水茶屋だ。
「お、いるいる」
物陰から様子を窺うと、襷《たすき》掛け姿のおらくがお茶出しをしていた。
目つきの鋭い男は表にいない。
あの男が水茶屋を営んでいるのだろうか。
ぴんとこない。
客はふたりいたが、新しい客の訪れる気配はなかった。
「じゃあな、おらく」
長兵衛はそっと漏らし、水茶屋に背を向けた。

横町から離れ、つぎに向かうさきはきまっていた。

富沢町の裏長屋だ。

表通りの古着屋は、けっこう賑《にぎ》わっている。

ところが、一歩裏にはいれば、閑散としたものだ。

裏長屋の木戸を潜り、淀《よど》んだ空気のただよう露地をすすむ。

奥まった部屋の内から、嫌な咳が聞こえていた。

「ごめんなさいよ」

敷居を踏みこえてみると、父親はこちらに背を向け、欠け茶碗《ぢゃわん》で水を呑んでいた。

饐《す》えた臭いに顔をしかめ、長兵衛はそばに寄る。

蠅《はえ》が一匹飛びまわっており、うるさくて仕方ない。

「おれなんざ、もう、顎《あご》で蠅も追えねえからださ」

父親は背中を向けたまま、壁に向かって喋っている。

肩を上下させるすがたは、泣いているようでもある。

痩せた顔が振りむいた。

「おまえさん、いちど来たねえ。娘に一両もの金を恵んでくれたらしいじゃねえか」

「恵んだわけじゃありませんよ。御礼の気持ちです」

「御礼……ははん、おらくが助けた御仁てえのは、あんたかい」

ようやく、はなしが通じたらしい。

長兵衛は頷き、懐中のものを差しだした。

手拭いで包んだ三十両だ。

「じつは、困っておられることを小耳に挟みましてね。差し出がましいはなしかもしれないが、これを使っていただこうかと」

「ん」

父親の目が光る。

「金かい」

「はい」

「いくらある」

「きっちり、三十両」

父親は、ごくっと生唾を呑んだ。

おそらく、一生かかっても父娘《おやこ》が手にできる金額ではあるまい。

「そんな大金をどうして、見ず知らずのおめえさんが」

「なあに。世の中は相持ち、金は天下のまわりものと申します。わたしは、往来のまんなかで娘さんに救われた。こんどは、わたしが救う番だ」

「ありがてえ」

父親は手拭いの包みに向かって、拝んでみせた。

「親爺さん、あんた名は」

「善七《ぜんしち》と言いやす」

長兵衛は釘《くぎ》を刺した。

「善七さん、この金はくれてやるわけじゃねえが、利子は付けずに貸してあげる。節季ごとに返せるだけ返してくれればそれでいい。ただし、ひとつだけ条件がある」

「へ」

「金輪際、博打《ばくち》にゃ手を出さねえと誓ってほしい。あんたが養生に励むことが、娘さんを喜ばすことになる」

「わ、わかりやした。肝に銘じておきやす。おめえさんは神様だ。ありがてえ。夢でもみてるみてえだ」

「じゃ、わたしはこれで」

長兵衛は善七に背を向け、弾むような足取りで木戸口に向かう。

すると、おらくが何も知らずに帰ってきた。

顔見知りの嬶ァと、親しげに挨拶を交わしている。

長兵衛は顔を伏せ、木戸を擦りぬけてゆく。

顔を合わせたくない気持ちがはたらいたのだ。

親切ってのは、押し売りするもんじゃねえ。

押し売りしたら、親切ごかしになっちまう。

おらくが居なくなると、長兵衛は小走りに駆けだした。

八

兎屋に戻ると、浮世之介が待っていた。

板間の隅に置いた肩叩き人形に抱かれ、気持ちよさそうに肩を叩いてもらっている。

「よう、長兵衛、長吉は達者かい」

「へえ、おかげさまで」

「何か、嬉しいことでもあったのかい」

「へへ、まあ」

「流鏑馬人形を壊したのは誰だ。徳松じゃねえようだが」

「伝次ですよ」

「なあんだ、伝次か」

「手先が器用だと自慢しておりましたが、口先だけのようで」

長兵衛は矢を番えた人形をみつけ、おもわず身を屈《かが》めた。

「へへ、臆病者だなあ」

「でも、親方、矢はけっこうな威力ですよ」

「わかってるさ。本物の矢は危ねえから、葦《よし》の茎を持たせといた」

「親方が直したので」

「ああ、からくりがわかったら容易《たやす》いものさ。明日からでも土圭師になれる」

浮世之介は自慢げに言い、さらりと話題を変えた。

「そういえば、師匠が言ってたぜ。同じ町内の油問屋が蔵を破られたらしい」

「そいつは災難なこって」

「このところは何かと物騒だ。長兵衛、蔵の戸締まりを忘れずにな」

浮世之介はらしからぬことを口走り、蔵の錠前と鍵を預けてゆく。

「徳松とおちよを連れ、今から、夜釣りにでも行こうとおもってな」

「徳ぼんとおちよも、おめずらしい」

「ふたりに、せがまれてな」

「海釣りですかい」

「なあに、根釣りだよ。箱崎に手頃な岩場があってな、鯊《はぜ》でも狙《ねら》うさ」

「釣果を期待してますよ」

「深川で祭りがあるっていうから、若い衆は早々に帰《け》えしてやった。おめえも一休みしたら帰えんな。まだ病みあがりだし、無理をしちゃいけねえ」

「へえ、ありがとうございます」

「じゃあな、頼んだぜ」

「へえ」

長兵衛は預かった鍵をいじくりながら、うとうとしはじめた。

いったい、どれほどの刻《とき》が経《た》ったであろうか。

あたりはすっかり、暗くなっている。

ふと、気づいてみると、誰かが板戸を敲《たた》いていた。

「お待ちくださいよ」

長兵衛は、帳場から腰をあげた。

少しふらつきながら、下駄をつっかける。

板戸を開けてやると、頬を紅潮させた娘が立っていた。

「あ、おめえは」

「おらくです」

「入《へ》えんな、ほら、遠慮すんな」

長兵衛はおらくの手を取って招じ、心張棒《しんばりぼう》で板戸をかった。

「用心のためさ。何も、おめえを取って食おうってんじゃねえ」

「はい、あの……これをお返しにあがりました」

おらくは両手に、手拭いの包みを抱えている。

「おとっつぁんに聞きました。番頭さんからこのような大金、とてもお借りできません。お気持ちだけは、ありがたく頂戴いたします」

わずかな沈黙ののち、長兵衛は激昂《げきこう》してみせた。

「何を言ってやがんだ。その金がなけりゃ、おめえは岡場所に沈められんだぜ」

「仕方ありません」

「仕方ねえだと、この」

われ知らず、手が出ていた。

平手で、おらくの頬を叩いたのだ。

おらくは頰を押さえ、涙を溜《た》めながら俯《うつむ》いた。

長兵衛は呆然《ぼうぜん》としながら、自分の手をみつめている。

「す、すまねえ……つい、手が出ちまった。なあ、おらく、身を売るってのは、言うほど簡単なことじゃねえ。おれは袖擦《す》りあっただけの男だが、おめえの不幸をどうしても見過ごせねえんだ」

「おじさん……う、うう」

おらくは感極まり、その場に泣きくずれた。

「どうしたい」

「おじさんが、あんまり優しいもんだから」

「よせやい。ちょっと待ってな」

長兵衛は奥に引っこみ、茶を淹《い》れて戻ってきた。

おらくは泣きやみ、上がり框に座っている。

笹《ささ》の葉のうえに、団子がふたつ載っていた。

「お、美味《うま》そうな団子じゃねえか」

「お土産《みやげ》に中吉団子をお持ちしました」

「おれにかい」

「はい」

「ありがてえ。じゃ、さっそくいただこうかな」

長兵衛は団子を摘《つま》んで口に入れ、美味そうに頬張ってみせた。

「お、あんこは味噌餡《みそあん》かい。口んなかでとろけそうだぜ」

おらくは茶碗を両手でもち、ずずっと啜《すす》った。

「このお金、おじさんが貯めたお金なんでしょう」

「まあな。生きてきた証《あか》しみてえなもんだ」

「生きてきた証し」

「ああ、だが、これっぽっちも……」

口惜しくはねえと言いかけ、口を噤《つぐ》む。

次第に、意識が闇に吸いこまれてゆく。

食いかけの団子を取りおとし、長兵衛は床に転がった。

九

目が醒めると、夜明けになっていた。

頭がずきずき痛む。
額を触ると、たんこぶができていた。
土間には、心張棒が転がっている。
「あっ」
跳ねおきて、裸足で土間におりた。
顎が震える。
心ノ臓が飛びだしそうだ。
必死の形相で、裏手の蔵にまわってみる。
錠前と鍵が、臼《うす》のような扉のそばに落ちていた。
長兵衛の顔から、さあっと血の気《け》が引いてゆく。
咽喉《のど》が渇いてきた。
蔵にはたしか、千両箱がふたつあった。
大口客の為替も預かっていたはずだ。
もはや、確かめるまでもない。
蔵は荒らされていた。
帳場に戻ると、簞笥のなかも空になっている。

二十両余りはあったはずだ。
それがない。
「盗まれた」
長兵衛は両膝をつき、頭を抱えた。
震えのせいで、歯の根が合わない。
「おらくか」
土間に転がる心張棒が、何よりの証しだった。
おらくが引きこみ役になり、盗人《ぬすっと》どもを導いたのだ。
「し、信じられねえ」
長兵衛は、ふらつきながら外に飛びだした。
もちろん、信じたくはない。
すべて夢であってほしかった。
ともかく、事の真偽を確かめるんだ。
息を切らして駆けに駆け、朝日稲荷の門前裏までやってきた。
水茶屋を訪ねてみると、中吉と書かれた招牌《まねき》が外されている。
板戸はしっかりと閉められ、敲いても応じる者はない。

水茶屋があったという痕跡が、消されているのだ。

長兵衛は、隣の家に飛びこんだ。

「もし、もし」

「何だね、うるさいねえ」

意地悪そうな親爺が顔を出した。

「隣の水茶屋は、どうなったんです」

「さあな。今朝起きてみたら、蛻《もぬけ》の殻だったぜ。もっとも、商売をやりはじめたのは、七夕のころからのはなしだ。こんなところで商売をやっても、客は来ねえと諭してやったんだがな、やつは言うことをきかなかった。どうせ、債鬼にでもみつかったんだろうよ。ざまあみろってんだ、罰《ばち》が当たったのさ」

「やつってのは誰です」

「目つきのわるい野郎だよ。伊平次《いへいじ》とかいってたな。おれがみたところ、ありゃ商売人じゃねえ。ごろつきだよ。性分《たち》の悪い輩《やから》さ。水茶屋を開いたのも、何か魂胆があってのことだろう」

「魂胆……まさか」

自分を罠《わな》に塡《は》めるために、そのためにわざわざ、これほど手の込んだ芝居を打ったのだろうか。
いや、そんなはずはない。
長兵衛は首を振った。
礼もそこそこに踵《くびす》を返し、富沢町の裏長屋を訪ねてみる。
古井戸のそばにある部屋から、空咳は聞こえてこない。
覗いてみれば、こちらも蛻の殻だった。
夜具さえなく、饐えた臭いだけが残っている。
長兵衛はつねに、誰かの目を感じていた。
あの男か。
「伊平次」
目つきの鋭い男の顔が浮かんだ。
やはり、見張られていたにちがいない。
こちらの動きを逐一捉え、巧みに騙したのだ。
「完璧にやられた」
遠くで鴉《からす》が鳴いている。
嘲笑《あざわら》っているかのようだ。

立っているのも辛い。
膝が抜け、地べたに跪《ひざまず》く。
いったい、いつから騙されていたのか。
「わからねえ」
往来で倒れたところを救われたのも、偶然ではなかったのか。
いや、あれだけはちがう。
おらくは親切心から、救ってくれた。
そう、長兵衛は信じたかった。
「こんちくしょうめ」
涙も出てこない。
良い考えは、ひとつも浮かんでこなかった。
ふと、長兵衛は顔をあげた。
どぶ板を踏み、とぼとぼ歩きはじめる。
「死のう」
そうだ。死んで詫《わ》びるしかない。
他に道はないと、長兵衛はおもいこんだ。

十

おぼつかない足取りでたどりついたところは、薬研堀に近い大川端だった。
少しさきに、大橋がぼんやりとみえる。
土手に立つと、川の流れがけっこう速い。
深みにはまれば、泳ぎの不得手な者はまず助かるまい。
土左衛門となった身が対岸の百本杭《ひやっぽんぐい》に流されてゆくさまを、長兵衛は想像した。
恐ろしいけれども、浮世之介に死んで詫びるより他に方法はない。
「親方、申し訳ねえ」
汀《みぎわ》まですすみ、履物を脱いだ。
すると、どこからともなく、ちりんちりんと鈴音が聞こえてくる。
聞き慣れた音だ。
土手を振りむけば、団子髷の浮世之介が立っている。
川風に靡《なび》く着物は白地に柘榴《ざくろ》の実、粒が弾《はじ》けた模様が血飛沫《ちしぶき》にみえた。
ひょいと担いだ釣り竿《ざお》の先端には、町飛脚の鈴が結びつけられている。

「親方」

「よう、長兵衛、どうしたい」

「な、何で」

「夜釣りは坊主でな、口惜しくなって薬研堀まで足を延ばしたのさ。そうしたら、見馴れた後ろ姿をみつけちまった」

この際、真偽はどうでもよい。

浮世之介のすがたが、神々《こうごう》しくみえる。

このとき、長兵衛は踝《くるぶし》まで水に浸《つ》かっていた。

「水遊びかい。へへ、気持ち良さそうだな。おれもつきあおう」

浮世之介は土手を駆けおり、下駄を脱ぎすてた。

裸足でばしゃばしゃ、川にはいってくる。

「ほへえ、冷ゃっこくて気持ちいいや」

「親方」

「何でえ、情けねえ面しやがって」

「蔵が」

「おう、どうしたい」

「破られました。団子を食わされて眠ってる隙に、盗人が」

「団子」

「へえ、おらくのやつに中吉団子を食わされ」

「ついでに一杯食わされたか。へへ、心配えすんな、蔵は無事だよ」

「へ」

長兵衛は、目を丸くする。

「不吉な予感がしたんでな、でえじなものは他に移しておいたのさ」

「千両箱も」

「ああ」

「親方、ほんとうですかい」

「嘘《うそ》を言ってどうする。盗《と》られたのは、帳場簞笥にあった金だけさ。おめえがじたばたするまでもねえ」

長兵衛は気が抜け、川のなかに両膝をついた。

浮世之介が腕を取り、汀まで連れてくる。

「土圭師の若いのが誑《たぶら》かされたってはなしは、おめえにもしたよな」

「へ、へえ」

「粉をかけてきたのは、十五、六の小娘だったらしい。つつもたせの小娘が、おらくの人相と似かよっていたのさ。後ろで糸を引くごろつきも、水茶屋の男によく似ていた」

「もしや、親方はふたりのことを」

「暇だからな、顔を拝みにいったのさ」

「そうだったんですか」

「盗みてえやつには、盗ませときゃいい。でもな、金なら構わねえが、人の真心まで盗んだとあっちゃ許せねえ。ちがうかい」

「そのとおりです」

長兵衛は項垂《うなだ》れた。

「小娘に騙されました。連中は最初から、この大間抜けを罠に塡めようとしていたんだ」

そのために、偽の水茶屋までつくり、病気の父親まで用意した。

「まったく、念の入ったはなしだな」

「親方、あっしはおらくのために、なけなしの三十両を手渡しました。そいつはいいんです。まだ、あきらめもつく。でも、たとい金額がいかほどでも、帳場の金を盗まれた落ち度は償いきれるもんじゃねえ」

「だからって、死んで詫びることはねえだろう。おめえに化けてでられたら、たまったもんじゃねえ。それに、長吉はどうする」

「あ」

「だろう。おめえの帰《け》えりを待ってるはずだぜ。なあ、長兵衛よ、人を騙すよか、騙されるほうがよっぽどいい。そうは、おもわねえかい」

「そりゃまあ、そうですけど」

「あの娘もきっと、悩んでいるはずさ」

「え、おらくが」

長兵衛は難しい顔をする。

浮世之介はつづけた。

「往来で倒れたおめえを救った気持ちに嘘はねえ。良心の欠片《かけら》が残っているんなら、そう遠くねえうちに、きっと謝りにくるはずさ。どうでえ、そいつを待ってみねえか」

「親方」

「命を粗末にしちゃならねえよ。そんなことは、年の功のおめえがいちばんよくわかってんじゃねえか」

「へ、へえ」

「この件はふたりの秘密にしよう。ま、おらくが来るのを気長に待つとしようや」

長兵衛は何度も頷き、顔をくしゃくしゃにして泣いた。

十一

七日後、文月二十六日。

長兵衛は曇天を拝みながら、おらくを待ちつづけた。

月に願掛けする月待ちはたいてい二十三夜におこなわれるが、江戸では二十六夜待ちのほうが盛んだった。といっても、月の出は日があらたまった明け方近くになるので、夜になれば各所で月見にかこつけた宴会が繰りひろげられる。

どっちにしろ、今日は丑刻《うしのこく》あたりから雨模様で、午後になってもいっこうに晴れる気配はなく、月はのぞめそうにない。

浮世之介は何食わぬ顔で、あいかわらず暢気《のんき》に過ごしている。

おちよや伝次もちょくちょく訪れ、世間話をしていった。

若い衆は渋墨に塗られた葛籠《つづら》を担ぎ、えっさっさと懸命に走りまわっている。

長兵衛は、申し訳ない気持ちでいっぱいだった。

座り馴れた帳場が、針の莚《むしろ》に感じられることもある。

他人を易々《やすやす》と信じたばっかりに、とんでもないしっぺ返しを受けてしまった。

いったい、この始末をどうつければよいのか。

考えあぐねていると、雨垂れの落ちる軒下にひっそりとあらわれた者があった。

「あ」

濡れ髪の娘が佇《たたず》んでいる。

「おらく……おらくかい」

おらくは目に涙を溜め、こっくり頷いてみせた。

「戻ってきてくれたのか」

「は、はい」

おらくは子兎《こうさぎ》のように震えながら敷居をまたぎ、薄汚れた手拭いに包まれた金子を床に置いた。

「三十両をお返しにあがりました。おじさんにしていただいたご恩を仇《あだ》で返せば、きっと良い死に方はできません。謝っても許してもらえないことはわかっております。

でも、ひとこと謝らずにはいられなかった。ごめんなさい、わたしはあんなふうに、他人様から親切にしてもらったことがなかったんです」

「もういい、済んだことさ」

長兵衛は微笑み、手を差しのべる。

「おまえが戻ってきてくれただけで、それだけで充分だ」

指と指が触れた途端、おらくはわっと泣きだした。

「ごめんなさい、ごめんなさい」

胸に縋《すが》りつく痩せた肩を、きつく抱きしめてやる。

無論、重ねてきた罪を消すことはできない。

だが、改悛《かいしゅん》の情を汲《く》んでやることはできる。

曇天が割れ、一条の光が射《さ》しこんできた。

「よう、戻ってきたか」

表口から、陽気な声が掛かった。

浮世之介が釣り竿を担いで立っている。

「へえ、おめえがおらくかい。長兵衛が言ったとおり、可愛い娘じゃねえか。ま、せっかく戻ってきたんだ。ゆっくりしていきな」

おらくはほっと肩の力を抜き、上がり框にへたりこむ。

「そのままじゃ、風邪をひくぜ。ほら、来な」

浮世之介はおらくの腕を取り、奥へ引っこんだ。

しばらくすると、おちよの浴衣に着替えたおらくがあらわれた。

柄は市松模様に酸漿《ほおずき》散らし、島田髷も器用に結いなおしてある。

「どうでえ、長兵衛、みちがえたろう」

「ほんとうだ。ぱっと花が咲いたみてえだ」

本人もまんざらではなさそうだ。そこは年頃の娘、着飾れば気分も晴れる。

「おちよに告げ口するんじゃねえぞ。焼き餅を焼くからな」

「承知してますよ、親方」

「さてと、おらくにいろいろ聞きてえことがある」

あらためて向きなおると、おらくは猫のように身構えた。

「はは、楽にしてくれ。ほら、うちの番頭が淹れた熱い茶でも呑みな」

おらくは両手で湯呑みを包み、だいじそうに茶を啜った。

「よし、落ちついたな。それでいい。まず、おまえさんは悪党どものもとから逃げてきたのかい」

「はい」

「みつかりゃ、ただじゃ済まねえってことだな」

「はい、でも、まだ気づいてないとおもいます」

「確かめておくが、悪党の名は善七と伊平次か」

「はい」

「親分は」

「善七です」

「病気を装ってたほうだな」

「はい」

手下の伊平次は、袖切りの異名をとる刃物の遣い手らしい。

おらくは目を伏せ、長い睫毛《まつげ》を揺らす。

ふたりを売ることに、一抹の後ろめたさがあるのだろう。

「気にすることはねえ。おめえは悪党の仲間じゃねえんだ。仕方なく、そう仕向けられただけなんだからな」

おらくは、ふたりと血の繋《つな》がりがあるわけではない。十歳のころに火事で焼けだされ、天涯孤独の身の上になったとき、偶《たま》さか善七に拾われた。そして、悪事の手管として使われるようになった。もちろん、人を騙して稼ぐことには罪深いものを感じていたが、生きるためには逆らえなかった。

浮世之介は優しく笑いかける。

「六年もよく我慢したな。人を騙すことの辛さが身に応《こた》えたろう」

「は、はい」

おらくは俯き、酸漿の描かれた袖を涙で濡らす。

「よし、その気持ちがありゃいい。おめえを罰することのできる者はいねえよ」

「え」

「ぜんぶ水に流そうじゃねえか。でもな、おめえを手管に使った連中だけは許せねえ。居所はわかってんのかい」

「はい」

おらくは、板橋宿にある旅籠《はたご》の名を口にした。

ふたりの悪党は稼ぎをひとつにまとめ、江戸を離れることにきめたのだ。ただし、宿場ごとに荒稼ぎを繰りかえしながら、中山道《なかせんどう》をたどる腹積もりらしかった。

「今から出りゃ、暮れ六つまでには板橋にたどりつける。三光のお月さんを拝むめえに、白黒つけてやるか」

浮世之介は顔色も変えず、さらりと言ってのけた。

長兵衛は身を乗りだし、拝むような仕種をする。

「親方、連れてってください」

「板橋宿まで行きてえのかい」

「へえ、足手まといかもしれませんが、じっとしちゃいられねえ気分で」

「よし、従《つ》いてきな。おらくもいっしょにな」

浮世之介は不敵な笑みを浮かべてみせる。

長兵衛は脈が激しくなるのを感じていた。

十二

夕方になり、雨はあがった。

「丑雨《うしあめ》にしちゃ、あがりが早《はえ》えな」

道中は駕籠《かご》を使ったので、悪路は気にせずに済んだ。

長兵衛は何年かぶりで、江戸の外れまでやってきた。

板橋中宿《なかじゆく》、すぐそばには石神井《しやくじい》川が流れている。

雨のせいで嵩《かさ》は増え、流れも速い。

おらくの口走った旅籠の名は「赤松屋《あかまつや》」だ。

なるほど、表口には見事な枝振りの赤松が植えてあり、旅人の目をひいた。

長兵衛とおらくのほかにも、旅装束に身を固めた男がふたりいる。

土圭師の師弟、喜三郎と仙六だった。

この一件には、少なからず縁がある。

誘いかけると、ふたつ返事でやってきた。

浮世之介は墨染めの絽《ろ》羽織を纏っている。背中には滴るような夏椿《なつつばき》の花が縫いこまれてあった。銀簪《ぎんさん》を挿した団子髷といい、とうてい堅気にはみえない。足許《あしもと》を固めた草履の鼻緒と脚絆《きやはん》の色は紅白の縞《しま》だ。

旅装束の四人は、浮世之介のそばから少し離れている。いっしょにいるのが恥ずかしいのだ。

「ふうん、赤松屋か、立派な旅籠じゃねえか」

浮世之介は往来の中央に立ち、旅籠の正面を仰ぎみた。

「中宿随一だそうですよ」

いつのまに聞きこんできたのか、長兵衛が詳しい説明をしはじめる。

「赤松屋の主人は問屋場《といやば》の役人にも顔が利く旅籠仲間の肝煎《きもい》り、金持ちには良い顔をする半面、貧乏人には横柄な人物とか」

「それなら、ちょうどいい」

「え、何がです」

「ちょいと、中庭を使わせてもらおう」

「中庭を」

長兵衛は首をかしげた。

「ふふ、お楽しみはあとだ」

浮世之介は微笑むだけで、何ひとつ教えてくれない。

土圭師たちを連れてきたことも、それなりの考えがあってのことだろう。

長兵衛は詮索したい気持ちを抑えた。

「それにしても、おめえたち、父娘みてえだな」

浮世之介にからかわれ、長兵衛とおらくは顔を赤らめる。

五人はくるっと踵を返し、二階から赤松を見下ろすことのできる対面の旅籠に草鞋《わらじ》を脱いだ。

「夜になりゃわかる。おもしれえ見世物がはじまるぜ」

芝居見物にでも来たような気軽さで、浮世之介は片目を瞑《つむ》ってみせた。

十三

夜も更けた。

木戸の閉まる亥刻《いのこく》だが、宿場の裏手に張りつく色街の灯《ひ》は消えていない。妖しげな軒行灯《のきあんどん》に誘われ、袖切りの異名をとる伊平次は夜の静寂《しじま》に繰りだした。

善七は誘うまでもなかった。数年前から腎虚《じんきょ》になり、夜の褥《しとね》に興味を失ってしまったからだ。

「親爺のぶんまで楽しんでやろう」

明朝の出立は早い。

良いおもいをした江戸を去り、当面は中山道の宿場で小銭を稼ぎながらの旅暮らしがつづく。

「仕方ねえ、ほとぼりをさますためだ」

女郎を抱いて景気をつけたら、加賀《かが》屋敷の中間《ちゅうげん》部屋で開帳している鉄火場に流れるつもりだった。

それにしても気になるのは、おらくのことだ。

明るいうちに居なくなったきり、今の今まで戻ってこない。

これまでも二度ほど、すがたを消したことはあった。

いちどは捜しあて、いちどは自分から戻ってきた。

「どうせ、腹が減ったら戻ってくる、か」

善七は気にも留めていないが、どうも嫌な予感がする。

が、おらくのせいで三道楽煩悩《さんどらぼんのう》が萎《な》えるわけでもなかった。

「ふん、まあいいさ」

伊平次は石ころを蹴り、露地裏の暗がりに踏みこんだ。

「ちょいと、お兄さん」

壁のように顔を塗った女郎が、ついと近づいてくる。

引かれた袖を振りほどくと、舌打ちをされた。

「寄るんじゃねえ、化け物め」

うるさくつきまとわれたら、匕首をみせてやればいい。

そうやって、弱い者から小金をせびりとってきたのだ。

悪行が身についている。今さら、善人にはなれない。

しかし、心の片隅に恐れがないと言えば、嘘になる。
いつか、天罰が下るのではないか。
小悪党なら、誰もが抱く不安だ。
かたかた、かたかたかたと、耳障りな音が聞こえてくる。
伊平次は足を止め、すっと腰を落とした。
生暖かい風が吹き、鬢を撫《な》でてゆく。
前方を、野良猫が横切った。
「脅かすない」
ぺっと、唾を吐いた。
と同時に、殺気が膨らんだ。
後ろか。
首を捻《ひね》る。
突如、闇の口が開いた。
「うわっ」
火の玉のようなものが、頭上に迫ってくる。
びんと弦音が響き、脛《すね》に激痛が走った。

「ぬぐっ」
右脛に刺さった矢が、脹《ふく》ら脛《はぎ》から突きぬけている。
「うひぇっ」
痛みよりも、驚きのほうが勝った。
尻餅をつき、転がりながら塀際へ逃げる。
びんと、また弦音が響いた。
二本目の矢が一直線に飛んでくる。
「うへっ」
鋭利な鏃《やじり》が煌めき、鬢を掠めて板塀に突きささる。
不思議なことに、人の気配はない。
かたかた、かたかた。
妙な音だけが聞こえている。
脛からは、止めどもなく血が流れつづけた。
伊平次は痛みと恐怖に顔をゆがめ、四つん這いになって逃げだす。
何とか、四つ辻までやってくると、駕籠かきがふたり座っていた。
煙管《キセル》を銜《くわ》え、美味そうに煙を燻《くゆ》らせている。

「お、おい……助けてくれ」

懇願すると、年取ったほうが暢気《のんき》に発した。

「先棒、客だぜ」

「はいよ」

四つ手駕籠の垂れが捲《めく》れあがる。

急いで足を突っこんだ途端、伊平次は穴のなかに落ちた。

「うへっ、げほ、ごぼごぼ」

駕籠の底は抜けていた。

地べたには穴が掘られ、肥え樽《こだる》が埋めてある。

伊平次は肥え樽に落ち、汚物のなかで溺《おぼ》れかけた。

「うねっ、助けて……助けてくれ、ごぼごぼ」

叫んだところで、誰も来てはくれない。

ここは板橋の羅生門河岸《らしょうもんがし》と呼ばれる界隈《かいわい》だ。

女郎の大半は瘡《かさ》持ち、鼻を落としたいやつは落とせばいいし、死にたいやつは勝手に死ねばいい。

ふたりの駕籠かきは、暗がりにじっと蹲っている。

若い先棒の顔は、どこかでみたことがあった。
だが、伊平次にはおもいだせなかった。

十四

そのころ、善七は中庭に面した旅籠の一室で、ひとり静かに酒を呑んでいた。
月代《さかやき》も無精髭《ぶしょうひげ》も剃《そ》った。こざっぱりとした顔は、病人に扮《ふん》した男の顔とはおもえない。
血走った眸子だけは隠しようもなかった。獲物を狙う悪党の目だ。
「伊平次のやつ、遅《おせ》えな」
心配なのは伊平次よりも、じつは、おらくのほうだった。
ついさっき、女中に聞かされた。
石神井川に架かる板橋の欄干から、町娘が首を吊ったというのだ。
年恰好から推すと、おらくに似ていた。
どうにも、胸騒ぎがおさまらない。
が、ほとけの顔を拝みにいく気はなかった。

「死んじまったら、しょうがねえや」

おらくのことは、その程度にしかおもっていない。

やがて、廊下の暗がりに人の気配が立った。

「伊平次か」

呼びかけても返答はない。

有明行灯の灯が揺れた。

善七はそっと立ちあがり、襖《ふすま》を足で開ける。

廊下の左右に目を配っても、人影はない。

「気のせいか」

ほっとして振りかえった途端、背中に悪寒《おかん》が走った。

部屋の片隅だ。

「うえっ……だ、誰でえ」

市松模様の地に酸漿《ほおずき》を散らした浴衣、痩せた娘がこちらに背をみせ、行灯の向こうに立っている。

「おめえ、おらくか」

首筋の白さが尋常ではない。

突如、娘の首がくるっと一回転した。

「うっ」

さらに、二回転、三回転と旋回するごとに速度を増し、娘の穏和な表情が般若《はんにゃ》に変わってゆく。

「あ、ああ」

善七は震えながら後じさり、廊下に踵《かかと》を踏みだした。

びんと弦音が響き、矢が地を這うように飛んでくる。

「ひぇっ」

鏃《やじり》が踝《くるぶし》に突きささった。

善七は足を滑らせ、廊下から転げおちる。

落ちたさきには敷石ではなく、肥え樽が置いてあった。

頭から落ちた善七は、臑毛《すねげ》の生えた両脚をばたつかせている。

「えっさ、ほいさ」

別の肥え樽を担いだ駕籠かきが、簀戸《すど》のほうからはいってきた。

肥え樽を地べたに置き、後棒のほうが額の汗を拭う。

「ふう、めえったな」

土圭師の師匠、喜三郎であった。

余裕の笑みを泛《うか》べる先棒は、弟子の仙六だ。

ふたりは肥え樽から突きでた善七の脚を、冷めた目でみつめた。

「なるほど、こいつは臭え芝居だ」

石灯籠《どうろう》の陰から、長兵衛とおらくが顔を出す。

廊下の端の暗がりから、浮世之介があらわれた。

墨染めの袖内には、よくできた娘人形の首を抱えている。

中庭に面する部屋を貸し切りにしたので、誰かが出てくる恐れはない。

「うまくいったじゃねえか。なあ、師匠」

「へへ、からくり人形がここまでお役に立つとは、正直、おもいやせんでしたよ」

「おめえさんの手に掛かれば、火の玉を宙に飛ばすのも、おらくに似せた人形首をくるくるまわすのも、朝飯前だろうさ」

「なるほど、そういうことか」

長兵衛はしきりに感心しつつも、樽から突きでた二本の脚が気になるようだった。

「親方、そろそろ助けてやらねえと死んじまう」

「平気だよ、樽を蹴倒してやれば息を吹きかえすさ」

息を吹きかえしても、ふたりには過酷な運命が待っている。

枕探しにつつもたせ、辻強盗に勾引《かどわかし》、重ねてきた罪状を列記し、浮世之介が仙六の証言をもとに、ふたりの人相書をつくった。

すでに、問屋場の役人には探索を依頼してある。

「道中奉行公認の手配状《てくばりじょう》だ。ちょいと袖の下を包んでやったら、祐筆《ゆうひつ》が花押《かおう》を書いてくれたのさ」

それならば、いかに怠慢な問屋場の役人でも、重い腰をあげざるを得まい。

慎重な長兵衛は、あくまでも不安がる。

「糞《くそ》まみれのふたりが人相書の悪党だって、すぐにわかりやすかね」

「心配えはいらねえさ、これだけ臭《くせ》えんだ。悪党臭がぷんぷんすらあ」

「なるほど、おあとがよろしいようで」

長兵衛は笑った。

溜飲《りゅういん》を下げた土圭師の師弟も腹を抱えている。

だが、おらくだけは、気まずそうに俯いていた。

自分ひとりが助かってよいものかと、悩んでいるのだ。

「おらく、おめえはひとつも心配しなくていい。今から、生まれかわるんだ」

浮世之介に慰められ、おらくはこっくり頷いた。

心の傷が癒えるまでは、しばらくの時が要るだろう。

「長兵衛、それまでは、おめえが見守ってやりな」

「へえ」

「よし、最後の仕上げといくか」

浮世之介は裾をからげ、肥え樽の後ろに廻りこんだ。

「さあ、離れた離れた。おつりを貰っても知らねえぞ」

どんと、樽を蹴る。

「うへっ」

四人は散り散りに逃げまわる。

赤松屋の中庭に、ふたりの悪党と汚物がぶちまけられた。


数日後。

子犬の長吉が、嬉しそうに尻尾を振っている。

長兵衛の寝起きする部屋が、華やかに感じられた。

あの日以来、おらくが同居しているのだ。

隣近所には、田舎の姪《めい》っ子《こ》を預かっていると告げてある。

誰も信じて疑わない。

「みりゃわかるだろ。長兵衛とあの娘じゃ、釣りあいがとれないよ」

隣部屋の嬶ァは、長屋じゅうに噂をばらまいた。

井戸端の嬶ァ仲間も、納得顔で頷いている。

「それもそうだ。ありゃ、正真正銘の姪っ子だよ」

「甲斐甲斐《かいがい》しい娘だねえ。余計なことは喋らず、朝から晩までせっせと働いているんだ。働くことが好きでしょうがないんだと」

「誰かさんに、爪の垢でも煎じて呑ませたいね」

「誰かさんてのは」

「兎屋の浮世之介にきまってんだろう」

「あ、そうか。兎屋は長兵衛さんで保《も》っているようなものだからね」

「言ってみりゃ、長兵衛さんは浮世之介の女房みてえなものさ」

「女房日照りの長兵衛が女房だなんて、洒落《しゃれ》にもならないねえ。うひゃひゃ」

隣近所で何を噂されようが、少しも気にはならない。

長兵衛は弾むような気分で、今朝も散歩に出掛けた。

近頃では、長吉を連れて歩くようになった。

かならず朝日稲荷に立ちより、お参りをする。

「良縁を与えてくださり、ありがとうございます」

心からの感謝を込めて、お稲荷さんに祈りを捧《ささ》げる。

そして、小さな幸せを嚙みしめながら、また歩きだす。

「わん、わんわん」

長吉が飛びはね、足にまとわりついてくる。

露地裏の棟割長屋からは、炊煙が立ちのぼっていた。

おらくも今頃、朝餉の支度を済ませたところだろう。

豆腐売りの呼び声に、長兵衛は足を止めた。

「土産にひとつ、買ってくか」

おもわず、顔から笑みがこぼれる。

頰を撫でる川風が、ひんやりと心地好《よ》く感じられた。

老剣士

一

北ノ天神の門前にある「藪狸《やぶたぬき》」は、本郷でいちばん美味《うま》いと評判の蕎麦屋《そばや》だ。

なるほど、こしがあって美味い。

笊《ざる》ならば平気で四枚、五枚とたいらげてしまい、途中で柚味噌《ゆみそ》を舐《な》めながら酒を飲《や》り、ひと息ついて、またはじめるといった按排《あんばい》である。

「いやあ、食った食った」

青沼数之進《あおぬまかずのしん》は満足げに、突きでた腹をぽんぽん叩《たた》いた。

浮世之介は塗りの盃《さかずき》をかたむけ、にんまり笑ってみせる。

「青沼さんも、ずいぶんお変わりになった。剣術修行で上方へ行かれたと聞き、てっきりお瘦《や》せになったとばかり、ところがどっこい、肥えて帰《け》えってきやがった」

「親方、きやがったはないだろう」

「ふふ、それにしたって、どう眺めても別人だ」

月代《さかやき》も無精髭《ぶしょうひげ》も伸ばし、山賊のような風貌になった。

青沼家は代々武辺者として重用された家系で、数代にわたって本丸の書院番をつとめてきた。が、この春、家は無嫡廃絶となった。兄は切腹し、父は仏門に入った。裏には札差《ふださし》に利用されて人斬りに堕《お》ちた兄の事情があったが、禍々《まがまが》しい出来事が表沙汰《おもてざた》にされることはなかった。

浮世之介は、今は廃屋と化した本所の青沼邸の冠木門《かぶきもん》から、艶《つや》めいた花海棠《はなかいどう》がのぞいていたのをおぼえている。

晩春のころだった。

数之進にはもはや、部屋住みだったころの面影は微塵《みじん》もない。

「ところで、剣のほうはいかがです」

「からっきしさ。生まれて初めて長旅に出たものでな、見るもの、触るもの、すべてがめずらしかった。刀なぞ振りまわすのも忘れ、気づいてみると一日が終わり、ひと月が経《た》っていた」

「廻国《かいこく》修行どころか、とんだ遊山旅《ゆさんたび》だったと」

「まあな、そういったわけで、餞別《せんべつ》は一銭のこらず使いはたした」

数之進は頭を掻《か》き、床几《しょうぎ》に雲脂《ふけ》をぱらぱら落とす。

「親方にご足労願ったのはほかでもない、ちと用立ててもらえまいか」

「承知しておりますよ、はい」

浮世之介は財布ごと、気前よく手渡した。

池之端の丸角屋《まるかどや》であつらえた財布には、五両と一分ばかり入っている。

数之進は財布ごと袖に仕舞い、上機嫌で酒を注《つ》ぐ。

「すまぬ、恩に着る」

「さ、親方、呑《の》んでくれ。今日はわしのおごりだ」

お調子者は盃を干し、快活に笑ってみせる。

と、そのとき。

店先から、怒声が聞こえてきた。

「こら、その目は何だ」

「何だとは何だ。そっちから肩をぶつけておきながら、居直る気か」

うらぶれた浪人者がふたり、野良犬のように唾《つば》を飛ばしながら吼《ほ》えあっている。

「旦那方、ちょっとお待ちを」

蕎麦屋の親爺《おやじ》が前垂れで手を拭《ふ》きながら、仲裁にはいりかけた。

すると、親爺の袖をつかむ者がいる。

すぐそばの床几に座った総白髪の老侍だ。

さきほどから、ひとり静かに呑んでいる。

浮世之介も数之進も、老侍には気づかなかった。

殺気が膨らみ、浪人どもは抜刀した。

「ぬりゃっ」

ひとりが、やにわに斬りかかる。

弧を描いた白刃《はくじん》の切っ先が、親爺の鼻面を掠《かす》めた。

「ひゃっ」

親爺は腰を抜かし、土間に尻餅をつく。

老侍は姿勢も変えず、悠然とぐい呑みをかたむけている。

浮世之介たちは、争っている浪人ではなく、老侍に注目した。

何しろ、白刃をすいすい避《よ》けながら、蕎麦を啜《すす》っているのだ。

「太え爺さんだ。傍杖《そばづえ》を食っても、蕎麦を食うのはやめねえ」

浮世之介が駄洒落《だじゃれ》を漏らしても、数之進はにこりともしない。

「きえっ」

水平斬りを躱《かわ》された男が、上段から挑みかかった。

これを受けて斜《はす》に弾《はじ》き、相手は反撃の突きを繰りだす。

「ぬはっ」

躱した男の刀が、老侍の鬢《びん》を掠めた。

しかし、小柄なからだは微動だにしない。

すでに、太刀行きを見切っているかのようだ。

「死ね」

怯《ひる》んだ男に向かい、袈裟《けさ》懸《が》けが襲いかかる。

鋭い切っ先が、床几に置かれた徳利《とっくり》に触れた。

と、おもった瞬間、老侍は徳利を拾いあげる。

注ぎ口に口を付け、咽喉《のど》を鳴らしはじめた。

豪快な呑みっぷりだ。

感嘆しているのもつかのま、老侍は口いっぱいにふくんだ酒を、ぶふぉっと霧のように吹きだしてみせた。

「ぬへっ」

浪人どもは頭から酒を浴び、驚いた顔で振りかえる。

「な、何だ、爺《じじ》い」

「黙れ、愚か者」

老侍は怒声を発し、徳利を逆手に持ちかえる。

間髪《かんはつ》を容れず、そばに立つ男の脳天に振りおろした。

「のげっ」

徳利が粉々になり、浪人は土間に転がった。

残されたひとりは、口をぽかんと開けている。

「去《い》ね」

老侍の一喝に気圧《けお》され、野良犬は尻尾を巻いて逃げる。

「親爺、勘定だ」

老侍はぶっきらぼうに言いすて、袖から小銭を出した。

親爺は声を震わせながら、お代はいらぬと告げる。

「さようか。なれば、おことばに甘えよう」

老侍は何事もなかったかのように、去っていった。

浮世之介と数之進は顔を見合わせ、同時に頷《うなず》いた。

後を跟《つ》ける算段がまとまったのだ。

二

古めかしい看板には、墨文字で「一刻流熊倉道場《いっこくりゅうくまくら》」とある。

薄くなった文字のうえに墨を重ねてあった。

北ノ天神から、さほど離れてはいない。

水戸《みと》屋敷の北から伝通院《でんづういん》に向かい、小石川金杉水道町の外れへ出る。なだらかな三百坂《さんびゃくざか》の頂上付近には、橙《だいだい》色の凌霄《のうぜん》が火の粉を散らすように咲いていた。蔓《つる》状にからまる丈の高い木から、喇叭《らっぱ》形の花が無数に垂れているのだ。花には毒があるという。

目にも鮮やかな凌霄の背後に、墨を重ねた道場の看板は掲げられていた。

「三百坂の一刻流か」

数之進が得心顔でつぶやく。

「噂《うわさ》だけは聞いたことがある」

五年ほどまえに一時は隆盛を誇ったものの、拠所《よんどころ》ない事情から、ある日を境に門下生がひとりもいなくなった。道場は疾《と》うに潰《つぶ》れたものと目されていた。

「詳しい事情は知らぬ。たしか、道場主が急死を遂げたと聞いたが、それにしても、看板が残っておったとはな」

三百坂とは妙な名だが、なだらかな坂道を下っていくと、常陸府中《ひたちふちゅう》藩二万石を治める松平播磨守《はりまのかみ》の上屋敷にたどりつく。同家の開祖は水戸光圀《みつくに》の舎弟で、重臣たちの多くは水戸本家から派遣されていた。藩士たちは登城の朝、裃《かみしも》姿で殿様にお目見えしたのち、すぐさま衣服を着替えて登城の行列に加わらねばならない。これに遅れると三百文の罰金が科されたところから、三百坂の名が生まれた。

「熊倉道場も、府中藩の下級武士を錬成する意図でつくられたと聞いた」

「青沼さん、さっき道場主は急死を遂げたと仰《おつしや》いましたね」

「ああ、言った」

「それなら、あの老侍はどなたでしょう」

「さあて、一刻流の開祖かもしれぬ」

「本人も一刻者でしょうかね」

「みるからにそうよな、ふふ」

「で、青沼さんはどうなさる」

「おもしろそうだから、ひとつ手合わせ願おうかな」

数之進は気軽な調子で言い、門を潜《くぐ》ろうとした。

その途端、娘の声に押しとどめられた。

「お待ちなされ」

みやれば、十《とお》かそこらの小娘が襷《たすき》掛けをし、竹箒《たけぼうき》を薙刀青眼《なぎなたせいがん》に構えている。

「うっ」

仰《の》けぞる数之進を尻目に、浮世之介はひょいと敷居をまたいだ。

「お邪魔するよ、お嬢ちゃん」

「そちらのお方、まずは名乗られよ」

「これは失礼、兎屋の浮世之介だよ」

「兎屋」

「へっつい河岸《がし》の町飛脚さ」

「ちりんちりんの飛脚屋さん」

「そう、ちりんちりんの兎屋でやんすよ」

「変なの」

憎まれ口を叩きつつも、小娘は竹箒をおろす。

「お嬢ちゃんの名は」

「千歳《ちとせ》です」

「千歳飴《あめ》の千歳かい。縁起がいい名じゃないか」

娘は警戒を解き、ふたりを表口に差しまねく。

「お祖父《じ じ》さまなら、奥におりますけど」

「お祖父さまは、一刻流の開祖かい」

「そうですよ」

「ではひとつ、お手合わせ願いたいと伝えてほしい」

数之進は朗々と発し、ぺこりと頭を下げた。

「申しおくれたが、拙者《せっしゃ》は青沼数之進と申す者、剣術修行の身でな」

「青沼さまとやら」

千歳は、小莫迦《こばか》にしたように微笑《ほほえ》んだ。

「何がおかしい」

「だって、お祖父さまにかなうはずがないもの」

「やってみなければわかるまい」

「そうよね。では、呼んでまいりましょう。道場でお待ちを」

ふたりはがらんとした道場に誘《いざな》われた。

手狭な印象だが、道場にまちがいない。

門下生は影もないのに、床はきれいに磨かれていた。

数之進は小娘にからかわれたせいか、少し腹を立てている。

「おまえさんも、存外に肝の小さいお方だね」

浮世之介が笑いかけると、ぷいと横を向いた。

熊倉老人は、なかなかあらわれない。

「武蔵《むさし》を待つ小次郎の心境だな」

数之進は道場のなかほどに正座し、じっと瞑目《めいもく》しはじめた。

一方、浮世之介は悪童よろしく、竹刀《しない》を振りまわしたり、胴衣を逆さに着たりして遊んでいる。

気配がひとつ、音もなくあらわれた。

「熊倉先生ですね」

数之進が眸子《まなこ》を開けた。

「いかにも、熊倉徹斎《てっさい》じゃが、立ちあいたいと申されるのは、そこもとか」

「いかにも」

「この泰平の世で剣術を極めることに、何の意味があろう。おぬしは酔狂者じゃ」

「されば、先生も」

「ん、そうなるな」

「立ちあっていただけますか」

「断る理由はない」

熊倉徹斎は壁際の竹刀掛けに歩みより、ちらっと浮世之介を一瞥《いちべつ》した。

「道場のものを勝手に触らぬように」

釘《くぎ》を刺され、浮世之介は赤ん坊のような顔で微笑む。

「邪心のない顔じゃな」

熊倉老人はつぶやき、竹刀を二本選んだ。

中央に取ってかえし、数之進に近づく。

「右のほうが一寸長い。好きなほうを取りなさい」

「されば」

数之進は迷わず、長いほうの竹刀を受けとった。

一寸のちがいは大きい。老人の力量を知っているので、この程度の優位は許されてしかるべきとの判断だ。

双方は蹲踞《そんきよ》の姿勢で対峙《たいじ》し、すっと立ちあがる。

「いざ」

数之進は掛け声もろとも、勢い良く突きかかっていく。

「はっ」

「ほっ」

竹刀と竹刀が突きあい、からみあって離れた。

一刻流は神道流から派生したものとしか知らず、数之進は相手の手の内を探りようもない。それは徹斎とて同じこと、数之進がどのような剣を使うかは打ちあってみなければわかるまい。

数之進は一刀流《いっとうりゅう》と念流《ねんりゅう》を修めていた。

舞踊のごとき流麗な型から、峻烈《しゅんれつ》な一撃を浴びせかける。

ことに、上段の斬りおとしは小野《おの》派《は》一刀流の師範も舌を巻くほどのもので、数之進がもっとも得意とする仕掛けだった。

力量が同等か上の相手には、太刀行きの捷《はや》さだけでは勝てない。

相討ち覚悟で打ちかかる勇気が要る。

「つおっ」

数之進は、初太刀に勝負を懸けた。

必殺の上段から、敢然と斬りさげる。

竹刀が撓《しな》った。

——ばしっ。

鈍い音とともに、先端が割れ、瞬時にして勝負はついた。

数之進が蹌踉《よろ》けながら後じさり、がくっと膝をついたのだ。

熊倉老人の繰りだした竹刀は、対手《あいて》の脳天を叩いていた。

一寸短いにもかかわらず、数之進の竹刀を巧みに弾いて芯を外させ、同じ上段からの斬りおとしで勝ったのだ。

「ま、まいった……まいりました」

数之進は平蜘蛛《ひらぐも》のようにお辞儀する。

「お手をあげよ」

熊倉老人が凜々《りり》しく発した。

「双方の差は紙一重、されど、その差は埋めがたい」

数之進は両手をついたまま、顔だけをあげる。

「先生、その差とは何でしょうか」

「さて、わしにもわからぬ。敢《あ》えて申せば、覚悟の差」

「覚悟の差」

「さよう。朝起きたときから、死ぬる覚悟ができておるか否か。おそらく、その差であろうよ」

「得心いたしました」

数之進に口惜《くちお》しさはない。晴れ晴れとした顔だ。

ふたりは道場を辞去し、門のところまでやってきた。

千歳が手にした箒を立て、門番よろしく待ちかまえている。

「ほらね、だから言ったでしょう」

小娘の勝ち誇った顔が愛らしい。

浮世之介は袖に手を入れ、飴玉を差しだした。

「お嬢ちゃん、甘いよ、南蛮渡来の飴玉だ」

千歳は赤くなって恥じらいつつも、飴玉をさっと受けとった。

三

初嵐が過ぎ、二百十日の野分けが去ると、北方から冷たい雁渡《かりわた》しが吹きおろす。白雲はさざ波となって幾重にもかさなり、町は秋めいた雰囲気につつまれる。

もはや、老剣士のことは頭から消えかけていた。

剣の強い老人よりも満ちゆく月のほうが気に懸かり、妖しげな光芒《こうぼう》を放つ白刃よりも子を孕《はら》んで美味そうな錆《さ》び鮎《あゆ》のほうに気が向いた。

龍眼寺《りゅうげんじ》の萩《はぎ》が咲いたというので、浮世之介はおちよと徳松を連れ、亀戸《かめいど》天神の裏手までやってきた。

柳橋から舟を仕立て、大川を突っきって竪川《たてかわ》を東漸《とうぜん》し、横十間川《よこじっけんがわ》を遡《さかのぼ》っていくのだが、舟を使えばさほど遠さも感じない。

暇を託《かこ》つ数之進にも声を掛けてやると、嬉《うれ》しそうにほいほい従《つ》いてきた。

徳松は侍に興味があるらしく、飾らない数之進のことを気に入っている。

手習い師匠の栖吉六郎兵衛《すよしろくろべえ》とどちらが強いか、いつか戦わせてみたいと秘《ひそ》かに企《たくら》んでいた。

龍眼寺は庭のすべてが萩一色という萩寺で、そうした寺の心意気が江戸者の気性に合致したのか、葉月《はづき》になると見物客でおおいに賑《にぎ》わう。亀戸天神に詣でた帰りに萩寺に寄って舟で帰るというのが、贅沢《ぜいたく》な遊山のやり方だった。

亀戸天神の北には、広大な津軽《つがる》屋敷の敷地が拡がっている。龍眼寺は津軽屋敷と堀《ほり》左京亮《さきょうのすけ》の下屋敷に挟まれ、横十間川からのぞむと延々とつづく築地塀《ついじべい》の狭間にぽっかりと口を開けていた。

門を潜ると、予想どおり、けっこうな人出だった。

肝心の萩はまだ七分咲き、波濤《はとう》のごとくとまではいかない。

少しがっかりしたが、連れてきた連中は楽しそうだ。

着飾ったおちよは、半端者どもの目を惹《ひ》いた。

「よ、小股の切れあがったいい女じゃねえか」

「今晩どうだい」

などと軽口を叩かれ、けたけた喜んでいる。

そんな女房を眺めながら、浮世之介も笑っていた。

妙な夫婦があったものだと、数之進はおもっている。

萩見物を楽しんだあと、四人は毛氈《もうせん》の敷かれた水茶屋にやってきた。

今日は風も無いし、暖かい。

申し分のない日和だ。

床几は埋まっており、座る席はなかった。

どうやら、侍の一団に占有されているらしい。

「威張りくさりやがって、いい気なもんだぜ」

勇み肌の若者が、聞こえよがしに悪態を吐《つ》いた。

「松平播磨守さまの御家中だとよ。水戸さまのご親戚だしな、下手に楯突《たてつ》くこともできねえや」

松平播磨守と聞いて、数之進が口を開いた。

「こんなところで遭うとは、何やら因縁めいたものを感じる」

「そうですね。因縁といえば、狢《むじな》仲間に満月《まんげつ》先生と仰るお偉い儒者がおられましてね、うちの徳松なんぞも可愛《かわい》がってくれるご老人なんですが、その満月先生が府中藩の侍《じ》講《こう》なのだとか」

「侍講とは、殿様に難しいことを教える師匠のことかい」

「ええ、漢字とか教えているらしいですよ。府中藩のお殿さんはまだ若くて、才気煥《かん》発《ぱつ》なお方だとか」

を繰りかえしている。

「いただけませんね」

床几を占有するばかりか、わざと団子を投げたり茶をこぼしたり、みなで悪ふざけ
「ご家中があれではな」

「だから、お侍は嫌いさ」

おちよは言い捨て、徳松の手を引いて行ってしまった。

浮世之介は追いかけようともせず、藩士たちに目を向ける。

一団の中心にいるのは、長身痩軀《そうく》の厳《いか》めしげな四十男だ。

どこかの噂好きが、隣の誰かに囁《ささや》いている。

「あの御仁は笠原源吾《かさはらげんご》、藩の剣術指南役だとよ」

「目が合っただけで、叩っ斬られるかもしれねえぞ」

「おお、恐《こわ》っ」

数之進は聞き耳を立てながら、別のほうを睨《にら》んでいる。

「青沼さん、どうしやした」

浮世之介が質《ただ》すと、桃割れの顎《あご》をしゃくった。

しゃくったさきに、白髪の老侍が座っている。

「ほう」

浮世之介も身を乗りだした。

老侍というのは、一刻流を標榜《ひょうぼう》する熊倉徹斎にほかならない。

団子も食わず、茶も啜らず、誰かを食い入るように睨んでいる。

眼差《まなざ》しのさきには、笠原源吾の横顔があった。

数之進が囁く。

「浮世殿、怨みの籠《こ》もった目にみえまいか」

「みえやすねえ」

「何かあるな」

拠所ない事情があるにちがいない。

「因縁なんぞ信じたかねえが、こいつはめえったな」

浮世之介はつぶやき、鬢をぽりぽり掻いた。

四

三日経った。

浮世之介は数之進と「藪狸」で蕎麦を啜っている。

「新蕎麦だな、青臭えからすぐにわかる」

数之進は返事もせず、心ここにあらずといった顔だ。

「案じることはねえ、事情はすぐにわかりやすよ。さ、青沼さん、食べて食べて」

「ああ」

ずるずるっとやったところへ、影聞《かげき》きの伝次があらわれた。

「ご両人、お尋ねの一件、事情があらましわかりやしたぜ」

「お、そうか。では、さっそく」

「青沼さん、まずは、口を湿らせてくだせえよ」

「おっと、すまぬ。舌がまわるようにしてやろう」

青沼の注いだ酒を干し、伝次は落ちついた口調で喋《しゃべ》りはじめた。

「熊倉家に長《なげ》えこと仕えた草履取りに聞いたんでやすがね、はなしは今から三年前に遡りやす」

府中藩の剣術指南役を決める御前試合が、ふたりの剣士のあいだでおこなわれた。

ひとりは今の指南役である笠原源吾、もうひとりは熊倉徹斎の嗣子兵庫之介《ひょうごのすけ》、下馬評では兵庫之介に一日の長があると言われていた。というのも、この両者、御前試合の半月前に、いちどだけ立ちあっていたのだ。笠原側からの申しいれを熊倉側が渋々受けた恰好《かっこう》だったが、竹刀を使った試合で、兵庫之介は三本のうち二本までを取った。藩内でそのことを知らぬ者はいなかった。

笠原側には、是が非でも勝たねばならぬ事情があった。源吾は江戸家老である中尾《なかお》調所《ずしょ》の姻戚にあたり、本人も馬廻《うままわ》り役をつとめていた。対する兵庫之介は父の徹斎が隠居したので一刻流の道場主を任されていたものの、藩内では番方の組頭《くみがしら》にすぎなかった。

要するに、毛並みの良い上士と軽輩の勝負、江戸家老の息が掛かった連中は沽券《こけん》にかけても、笠原源吾を勝たせねばならなかった。

しかし、下手な小細工は容易にはできない。

紛《まご》うかたなき尋常な勝負で決めなければ、下士たちの反感を招く。藩の結束にも関わってくるので、藩主播磨守も厳正な勝負を望んでいた。

「とまあ、そういった経緯《いきさつ》で」

勝負は仲秋の御前試合と銘打たれ、本郷の上屋敷にて開催された。

巳刻《みのこく》、両者は白襷《しろだすき》に白鉢巻きを着け、大広間の広縁にて対峙した。

得物《えもの》は蛤刃《はまぐりば》の木刀、真剣ではないが、打ちどころが悪ければ大怪我《おおけが》に繋《つな》がりかねない。

大広間には殿様はじめ、主立った重臣たちが陣取り、ぴんと張りつめた空気につつまれていた。

決着は、呆気《あつけ》なくついた。

双方ともに青眼に構え、剣先を小当たりに叩きあった。

つぎの瞬間、笠原源吾が対手の左側面に廻りこみ、上段から峻烈な一撃を打ちこんだ。

熊倉兵庫之介はこれを受けようとしたがかなわず、頭蓋《ずがい》をぱっくり割られた。

広縁は血で染まり、あまりの凄惨《せいさん》さに、殿様は席を立ったという。

兵庫之介は戸板に乗せて運びだされ、数刻のち、息を引きとった。

「笠原源吾に落ち度はねえ。誰の目にも、そう映りやした」

御前試合を賭けのネタにしていた下士も多かったので、惨めな負け方をさらした兵庫之介に批判は集まった。この日を境に、熊倉道場から門下生はひとり残らず居なくなったのだ。

遺体を引きとった徹斎は、淡々としていたらしい。

孫娘の千歳も泣くまいと、涙を必死に怺《こら》えていた。すでに、母を病気で亡くしており、当時七つの子にとっては辛《つら》かったにちがいない。が、そこは剣士の娘、小さな拳を固めて耐えつづけた。

「七つの祝いも祝ってもらえず、双親《ふたおや》に逝かれちまったわけで」

「不憫《ふびん》よな」

数之進は不覚にも、眸子を潤ませた。

見掛けによらず、涙もろいところがある。

草履取りのはなしによれば、徹斎は戸板に寝かされた兵庫之介の遺体に異変を感じたらしい。左小手《こて》が黒ずみ、不自然なほど腫れていたからだ。

調べてみると、前日、道場でやられた木刀の傷と判明した。

何者かが門下生に紛れ、木刀をもって背後から打ちかかり、不意をつかれた兵庫之介が面を守るべく、左甲で受けたのだ。

骨が砕かれていた。握っても力がはいらない。

兵庫之介は、右手一本で闘うことを余儀なくされた。

徹斎はそれを知り、ぎりっと奥歯を嚙《か》んだ。

が、闇雲に奔《はし》るのではなく、御前試合の経過を丹念に調べた。

そして、笠原源吾が迷うことなく、兵庫之介の左側面に廻りこんだ点に着目した。

謀られたと、悟ったのである。

兵庫之介は受け太刀を取ることができず、脳天を割られた。

さぞや、口惜しかったにちがいない。

ところが、徹斎はすべてを胸の裡《うち》に仕舞った。

兵庫之介は負傷したことを漏らさず、勝負に挑んだ。

潔く命を散らした息子の気概に、父親として酬《むく》いたいとおもった。

「潔く負けを認める。それが剣を究めようとする者の道、わかるような気もする」

数之進は、深々と溜息《ためいき》を吐いた。

一刻者の道場主に心酔しかけているようだ。

ともあれ、熊倉道場は門下生を失い、看板を外した。

徹斎にとって唯一の救いは、孫娘の千歳だった。

「忘れ形見がかえって、足枷《あしかせ》になっているのやもしれぬ」

数之進は意味深長につぶやく。

御前試合から二年半が経過したころ、徹斎はある人物から事の真相を打ちあけられた。

「兵庫之介は負けるべくして負けたと、告げられたそうです」

策を弄《ろう》したのは江戸家老の中尾調所、当然のごとく、笠原源吾も謀事《はかりごと》と知りながら勝負にのぞんだ。

徹斎に打ちあけた人物は藩の留守居役、朽木安馬《くちきやすま》であった。

かねてより、中尾調所と反目しあっている野心家にほかならない。

事の真偽を測る物差しはなかったが、朽木の語る内容は信じるに値するものだった。

数日後、ふたたび、道場の表に一刻流の看板が掲げられた。

徹斎の意志がそうさせたのだ。

無論、門人を迎えるための看板ではない。

「仇《かたき》を討つ気だな、あの爺《じい》さま」

数之進が溜息を吐く。

「父が子の仇を討つのは逆縁、お上も認めぬ御法度だぞ」

「するってえと、仇討《あだう》ちはできねえってことですかい」

と、伝次が首をかしげる。

「ああ、正式にはできぬ。やれば私闘とみなされ、本懐を遂げても腹を切らされる」

「それなら、闇討ちでも狙ってるんじゃ」

伝次の問いかけに、数之進は首を振った。

「いいや、あの爺さまのことだ。卑怯《ひきょう》な手は使わず、正面から堂々と挑むにちがいない」

「それじゃ」

「やるとなれば、死ぬ覚悟がいるな」

「孫娘はどうなりやす」

「はて」

数之進は黙りこむ。

伝次は苦い顔で、浮世之介に水を向けた。

「まさか、孫娘も道連れにする腹じゃありやせんよね。親方、どうなんです」

「さあな」

伝次はそわそわしだす。

「くそっ、こうしちゃいられねえ」

「どうして」

「どうしてって、熊倉兵庫之介の命日が十五日だからですよ」

「あと五日」

数之進が、ぼそっとつぶやいた。

五

翌夕、浮世之介はひとり、ぶらりと本郷の道場を訪れた。

すると、門のすぐそばで、頭巾をかぶった立派な扮装《いでたち》の侍に出くわした。

四つ辻《つじ》に網代《あじろ》の忍駕籠《しのびかご》を待たせているところから推すと、府中藩の重臣にちがいない。

潰れかけた道場を訪れる重臣がいるとすれば、留守居役の朽木安馬をおいてほかには浮かばなかった。本人がわざわざ訪れたということは、よほどの事情があるのだろう。

「さては、焚《た》きつけにきたたか」

浮世之介は肩を竦《すく》め、門の敷居をまたいだ。

箒を抱えた千歳の出迎えはない。

夕河岸にでも出掛けたのだろう。

浮世之介は断りもなく、道場に踏みこんだ。

徹斎がじっと佇《たたず》み、正面の軸を睨んでいる。

軸には太い字で「石」と書かれてあった。

「何ですか、石ってのは」

背中に問いかけると、徹斎は驚きもせずに振りむいた。

浮世之介のことを咎《とが》めず、表情も変えないで答える。

「檀那寺《だんなでら》の和尚《おしょう》がくれたのさ。禅僧でな、石の一字を書いてよこした。石は意志、動かざる意志、惑わされず、盤石なりしもの。そうした境地を示すものなのかどうか、正直、よくわからぬ」

「石の上にも三年って諺《ことわざ》もありやすがね」

「わしが息子の仇討ちをするとでも」

「ええ」

「無用な勘ぐりはやめたがよい。仇討ちなどせぬ。愚か者の誘いになぞ、乗りたくもないわ」

「それを聞いてひと安心と言いてえところですがね、どうも、ことばってものは信用できねえ」

「どういうことだ」

徹斎はむっとする。

「ほうら、怒った。人間は弱味をつかれると、怒っちまうものなんですよ」

「ふん、知ったようなことを抜かす」

浮世之介は、軸のそばまで近づいてきた。

床の間には、石ころがひとつ飾ってある。

「何です、それは」

「石だよ」

「ええ、みればわかりますけど」

「護持院ヶ原で拾ったのだ。苔生《こけむ》した石地蔵の頭が欠けておってな、すぐそばに、その石が落ちていた」

「石地蔵の欠けた頭の一部ってことですか」

「さよう。つまらぬものさ。欲しいなら、くれてやる」

「え、いいんですか」

「遠慮はいらぬ」

「それなら、ただで戴《いただ》くわけにはいきやせん。どうです、立ちあってみませんか。こっちが勝ったら、石を戴きやしょう」

「おぬしと立ちあうのか」

「町人づれとはやれませんかね」

浮世之介はにやっと笑い、滑るように間合いを詰めた。

無造作に振った右袖が、老剣士の鼻面を軽く撫《な》でる。

「うぬっ」

徹斎は身を固めた。

間合いを見切ることができず、驚いているのだ。

「へへ、相手が子どもでも、みくびったら痛い目をみやすよ」

「おぬし、できるな。元は侍か」

「さあて、自分の素姓なんぞ忘れやした。でも、石じゃねえことだけは確かだ。石のようにゃ生きていけねえ性分でしてね。人はあっしを、雲みてえだと言いやす」

「雲か」

「いかがです。やってみますか」

「よかろう」

徹斎は二本の竹刀を携えてきた。

浮世之介は一寸短いほうを選ぶ。

「なぜ、そっちを選ぶ」

「たいした理由なんざありませんよ。短けえほうが素早く振れるにちげえねえ。ほんとうは長かろうが短かろうが、どっちだっていい」

「真意はそれよ」

やにわに、徹斎は打ちこんできた。

浮世之介は半身を沈ませ、すっと切っ先を伸ばす。

老剣士は横にこれを弾き、二、三歩後じさりした。

浮世之介は間合いを詰め、すっすっと切っ先を伸ばす。

老剣士は受けに徹し、勝機を窺《うかが》った。

が、その機はいっこうに見出《みいだ》せない。

息が切れた。

気づくと、壁際まで追いつめられている。

「しぇっ」

徹斎は苦しまぎれに、下段から渾身《こんしん》の一撃を薙《な》ぎあげた。

「はっ」

ふわりと、浮世之介が宙に舞いあがる。

薙ぎあげた太刀行きよりも上に跳躍し、そのまま、雪崩《なだれ》落としに打ちおろす。

「うぬっ」

徹斎は受け太刀を取る余裕もない。

浮世之介の竹刀は、髪に触れる寸前で止まっていた。

「お、お見事」

老剣士は竹刀を置き、右掌《てのひら》を眼前に翳《かざ》す。

浮世之介は竹刀を捨て、にこっと笑った。

「青沼さんに仰いましたね。勝敗の差は覚悟の差だと」

「確かに、言ったな」

「そのことば、そっくりそのままお返しいたしましょう。あんたは仇討ちをやらねえと仰ったが、ほんとうのところは迷っていなさる。その迷いが負けに繋がった。こっちにゃ迷いもくそもありませんからね。つまりは、覚悟の差ってわけで」

「一本取られたな」

「所詮、剣の勝負に勝っても、ひとの心までは救えねえ。ましてや、それが故人なら、なおさらのことでしょう。仇討ちをしたって、息子さんは戻らねえんだ」

「おぬしの指南はもっともだ。されど、わしにも武士の意地がある」

「武士の意地か、くだらねえなあ。石ってのは何ものにもとらわれず、ただじっとそこにあるから石じゃねえのかい」

「さよう。わしのような未熟者に禅の悟りはわからぬ。雲のように生きるおぬしのほうがかえって、石の心をわかるのかもしれぬ」

「買いかぶってもらっちゃ困る。悟りをひらいたやつなんざ、相手にしたくもねえや。まあ、どうしても仇討ちがやりてえなら、やりゃいいさ。おれが止めても無駄なことだ。ただし、孫娘を道連れにしちゃならねえよ」

「それか、おぬしが言いたいのは」

徹斎はしばし考え、絞《しぼ》りだすように言った。

「じつは、おぬしに頼みたいことがある。わしにまんがいちのことがあったら、千歳を預かってくれぬか」

「最初から、そう言やいいのさ」

「かたじけない」

徹斎に頭を下げられ、浮世之介は床の間の「石」を拾いあげた。

六

待宵《まつよい》は薄曇りで、ついに月を拝むことはなかった。

翌日は放生会《ほうじょうえ》、日頃の殺生を贖《あがな》うべく、小鳥や亀を空や川に放つ。

兎屋でもへっつい河岸の汀《みぎわ》から、堀川に鰻《うなぎ》を放った。

鰻を食べたことがないのに、どうして放たなきゃいけないのかと、徳松はしきりに聞いてまわった。まともに答えられる大人はおらず、浮世之介だけが鰻を放たねばならない理由を懇々《こんこん》と説いた。

正午をまわったころから、霧のような雨が降ってきた。

「仲秋の名月は拝めそうにないな」

数之進は朝から、落ちつかない様子だ。

今日は熊倉兵庫之介の命日、徹斎と仇の双方に動きがあることはわかっている。

探りに入っていた伝次が飛びこんできたのは、八つ刻のことだ。

雨雲が低く垂れこめ、河岸は夕暮れのような暗さだった。

「果たしあいの場所は、巣鴨《すがも》の西外れでやす」

敵の数は三十有余、福相寺《ふくそうじ》裏の野面に罠《わな》を張って待ちかまえている。

福相寺の近くには、松平播磨守の下屋敷があった。

「よし、行くぞ」

数之進は勇みたち、柿色の鉢巻きを締めようとする。

徹斎の助太刀をする気なのだ。

浮世之介が笑って制した。

「青沼さん、闇雲に突っこめばやられちゃいますよ」

「やってみなけりゃわかるまい。それとも、策があるとでも」

「あるといえばあるような」

浮世之介は曖昧《あいまい》に応《いら》え、伝次に質す。

「で、何刻からはじまりそうだい」

「篝火《かがりび》の支度をしておりやしたから、夕刻からじゃねえかと」

「それならまだ一刻の余裕はあるってもんだ」

「どうなさるんです、親方」

「伝次、狢亭までひとっ走り頼まあ」

「狢亭ですかい」

「ああ、満月先生が待ってるはずだ。事情はあらまし告げてあるから、果たしあいの場所だけ伝えてやってくれ」

「承知しやした」

伝次は身をひるがえし、鉄砲玉のように飛びだした。

帳場には番頭の長兵衛が座っている。おちよも訪れており、ふたりとも神妙な顔をしていた。詳しい事情はわからずとも、親しい者の果たしあいがおこなわれることだけは知っている。

「おちよ、辛気臭え面はやめとけ」

「でも、伝次さんの口振りだと、多勢に無勢みたいだけど」

おちよのことばに、長兵衛も横からつけくわえる。

「しかも、仇は府中藩の剣術指南役だとか」

「ふふ、どうやらそうらしい」

「親方も行かれるんですかい」

「そのつもりだよ」

「とめても無駄か」

「だな」

「勝機はおありで」

長兵衛は問いかけ、口を噤《つぐ》む。

勝機がなければ、浮世之介は動かない。

誰よりも、そのことがわかっているからだ。

浮世之介は髷《まげ》から銀簪《ぎんさん》を抜き、耳を掻きはじめた。

数之進は締めた鉢巻きを解き、刀の手入れをしだす。

「浮世殿といると、どうも気が殺《そ》がれてしまう。気負った自分が莫迦みたいにおもえてきてな」

「いざというとき、熱くなりゃいいんです」

「そうだな」

「ひとつ言わせてもらえば、白刃を研ぐより、刃引きをなされたほうがいい」

「何で」

「相手が誰であれ、殺生はよくありやせん。夢見が悪くなりやすよ」

「それでは助《すけ》っ人《と》がつとまるまい。何せ、相手は三十有余もいるのだ」

「そのなかには、上に命じられて仕方なくやっている者もおりやしょう」

「んなこと、気にしてられっかよ」

「斬りむすぶってなら、おれは遠慮しときやすよ。血をみるのは嫌《きれ》えだからね。どうしても殺生がしてえなら、どうぞ、おひとりで。ただし、老剣士の足手まといになっても知りやせんよ」

よほどの策でもあるのか、浮世之介はいつになく自信満々だ。

「わかったよ、わしだって殺生は好まぬ」

数之進が折れると、浮世之介は上機嫌になった。

「おちよ、握り飯を頼む。梅干し入りのやつ」

「はいよ」

「そろそろ、徳松が手習いから帰ってくるぞ。従いてきたがるから、仇討ちの件は黙っとけ」

そうした会話を交わしていると、小さな人影がひとつ訪れた。

「あ、おぬしは」

数之進が目を丸くする。

敷居の手前に佇んでいるのは、千歳であった。

「お祖父さまに、兎屋さんで厄介にならせてもらえと言われました。お世話になります」

ぺこりと頭を下げられ、みなは驚いた。

浮世之介だけは、当然のような顔をする。

「おちよ、この娘にも握り飯を食わしてやんな」

穏やかに言い、千歳の小さな手を取った。

七

福相寺に向かうには、水戸藩邸の北から小石川を突っきり、護国寺《ごこくじ》の裏手へ向かう。

雨は熄《や》んだが、道は泥濘《ぬかる》んでいた。

護国寺を過ぎると、行く手には田圃《たんぼ》が広がる。

数日前までは、そこらじゅうで田水を落とす音が聞こえていたが、今は刈田となっていた。

――じゃっ、じゃっ。

心ノ臓を突くような鳴き声とともに、鴫《しぎ》が飛びたってゆく。

夕焼け空を背にして、七色の虹がくっきりと浮かんでいた。

浮世之介と数之進は福相寺の境内を突っきり、裏門から外へ出た。

刈田に囲まれた野面には、灌木《かんぼく》の点在する芒ヶ原《すすきがはら》が広がっている。
奥まったところには、大傘のように枝をひろげた唐松《からまつ》が聳《そび》えていた。
篝火が焚かれ、敵将らしき人物が床几に座っている。
陣笠に陣羽織を身に着け、軍師気取りだ。
手前の野面では、すでに闘いが始まっていた。
熊倉徹斎のすがたは一見すると、滑稽にもおもえる。
二本の木刀を両手に翳し、根が生えたように立っているのだ。
そうかとおもえば、陣風となって走り、見事な太刀捌《さば》きで相手を叩きのめす。
火の粉のように襲いくる相手は、蒼白《あおじろ》い刃を翳していた。
はっきりと、徹斎の命を狙っている。
受け太刀をとれば木刀を削られるか、下手をすれば折られてしまう。
よって、触れさせずに躱し、相手の急所を衝《つ》かねばならなかった。
徹斎が走るたびに、緑の芒がざざっと揺れる。
水際だったその動きは、老人のものではない。
鬼神のごとく相手に迫り、木刀を振りおろす。
そのたびに、ばすっ、ばすっと、鈍い音が響いた。

数之進は自分が闘っているかのように、汗をびっしょり掻いている。

一方、浮世之介は握り飯を頬張り、暢気《のんき》に眺めていた。

「うほっ、すっぺえ」

口をすぼめ、暢気なものだ。

懐中には、道場で頂戴した石が入れてあった。

地蔵の頭の欠片《かけら》なら、御利益があるかもしれない。

「くそっ、これ以上は我慢できぬ」

勇みたつ数之進の袖を、浮世之介は引っぱった。

相手の数はざっと眺めただけでも、三十人は超えていた。

いずれも府中藩自慢の手練《てだ》れらしく、白鉢巻きに襷掛け姿だ。

唐松の木陰では、仇の笠原源吾が腕組みでじっと睨んでいる。

笠原の背後で床几に座るのは、いかにも偉そうな人物だった。

「軍師気取りの野郎、誰かな」

「江戸家老だよ、青沼さん」

「ふうん」

黒幕とおぼしき中尾調所みずから、神輿《みこし》をあげたのだ。

浮世之介は江戸家老がいることを、前もって知っているような口振りだった。

恰幅の良い人物は、調所だけではない。

木陰にはもうひとり、重臣が縛られていた。

「あれは」

と、数之進が質す。

浮世之介には見覚えのある人物だ。

「留守居役の朽木安馬だな」

「何だって」

数之進は眸子を輝かせた。

浮世之介のおもう筋書きはこうだ。

中尾調所は朽木安馬を捕らえたうえで、徹斎をおびきよせた。

徹斎は安馬の雇った刺客《しかく》である。江戸家老の命を狙った謀反人として、ふたりをもろともに葬る腹なのだ。

朽木安馬という鶏冠《とさか》を失えば、調所に抗する一派は勢いを失う。そこに便乗し、反対派を一掃する意図が隠されている。嗣子を失った老剣士は、対立する重臣どもの思惑に翻弄された恰好だった。

「策士は策に溺れる。調所は墓穴を掘るだろうさ」
浮世之介はうそぶいたが、数之進には今ひとつ理解できない。
陽《ひ》は落ちた。
野面には点々と篝火が焚かれ、敵は松明《たいまつ》を掲げている。
木刀は一本折れたが、徹斎は雄々しく闘っていた。
相手の数は半減したものの、唐松まではまだ遠い。
これは仇討ちではなかった。
ひとりの老剣士を大勢で取りかこみ、寄って集《たか》って息の根を止めようとしている。
笠原源吾との勝負は二の次にされ、徹斎にしてみれば過酷すぎる闘いであった。
すべてを承知したうえで、老剣士は奮闘している。
そのすがたが痛々しくもあり、誇らしくもあった。
浮世之介は何度となく、福相寺のほうに目をやった。
誰かを待っている様子だが、人影らしきものはあらわれない。
「いやっ」
鋭い敵の一撃が、背後から徹斎に斬りかかった。
「あ」

数之進は身を乗りだし、浮世之介も注視した。

倒れた徹斎がゆらりと立ちあがり、ふたたび、闘いはじめる。

だが、傷を負ったのはあきらかだった。

「もう、我慢できぬ」

数之進は股立《ももだ》ちをとるや、はっとばかりに駆けだした。

もはや、止めまい。

浮世之介も懐中の石を弄《もてあそ》びながら、すっと立ちあがる。

散策でもするかのような足取りで、のんびり歩きはじめた。

八

数之進は駆けながら、三尺に近い剛刀を抜いた。

「ぬおおお」

雄叫《おたけ》びをあげ、猛然と斬りこんでゆく。

敵は呆気にとられ、狼狽《ろうばい》しはじめた。

おもいがけぬ助っ人の到来に、徹斎自身が驚いている。

「ばか者、手出しは無用じゃ」

怒声を張りあげても、数之進には聞こえない。

敵と一合交えては火花を散らし、相手の首を狙った。

が、首を刎《は》ねる寸前で峰に返し、命までは奪わない。

修羅のごとき奮闘ぶりに、敵は動揺をきたしている。

唐松の木陰では、調所が床几から身を乗りだしていた。

笠原源吾だけは姿勢をくずさず、つまらなそうに闘いを眺めている。

三十人余りいた敵は今や五人に減じられ、いずれも青息吐息の様子だった。

「退《ひ》け、退くのだ」

笠原は叫びつつ、みずから押しだしてきた。

「詮方ない、わしがまいろう」

黒い鉢巻きを締め、黒い細帯で襷掛けをする。

扮装《いでたち》は渋柿色の筒袖に伊賀袴《ばかま》、果たしあいにのぞむ剣豪そのものだ。

「やっと、真打ちのお出ましかい」

数之進は真剣を車《しゃ》に下げ、大股で近づいてゆく。

笠原は抜かずに間合いを詰め、刀の柄《つか》に右手を軽く添えた。

「徹斎に助っ人があったとはな。とりあえず、おぬしの名を聞いておこうか」

「無礼者、とりあえずとは何だ。わしは青沼数之進、痩せても枯れても旗本の倅《せがれ》と言いたいところだが、家はもうない。潰れちまってな、今は浪々の身さ」

「ただの野良犬がなぜ助っ人を。徹斎に金でも貰《もら》ったのか」

「莫迦らしい。勝手にやっていることさ」

「だから、なぜ。しゃしゃりでる理由を聞いておる」

「三年前の今日、おぬしは木刀で熊倉兵庫之介の脳天をかち割った。おぬしらが汚い手を使ったことは調べ済みだ。わしはな、私利私欲のために卑怯な手を使う輩《やから》が許せぬのよ。それが侍なら、なおさらだ」

「むふふ、ふははは」

笠原は唐突に嗤《わら》い、真顔に戻った。

「野良犬め、他人の粗を探すまえに、自分の食い扶持でも心配しろ」

「ああ、そうしよう。卑怯者を成敗してからな」

「よかろう。されど、わしを倒すのはそう容易《たやす》くないぞ」

「どうかな」

数之進が一歩踏みだすと、後ろから徹斎の声が掛かった。

「待て、そやつはわしの獲物じゃ。おぬしはすっこんでおれ」
老剣士は木刀を抛《ほう》り、ずらっと白刃を抜いた。
紅潮した顔は険しく、肩のあたりから湯気が立ちのぼっている。
嗣子の恨みを晴らすべく、臥薪嘗胆《がしんしょうたん》、この日を待ちつづけたのだ。
数之進は息を呑み、黙って引きさがった。
「いざ」
徹斎と笠原が対峙する。
手下どもは江戸家老を守るべく、背後に控えた。
中尾調所はまだ、頰に余裕を湛《たた》えていた。
笠原の力量を信用しきっているのだ。
「まずいな」
と、数之進はおもった。
なるほど、徹斎は気丈に振るまっている。
が、疲れているのはあきらかだ。
しかも、左肩に深手を負っていた。
まともにやりあって、はたして勝てるかどうか。

しかし、止める手だてはない。
助っ人も憚《はばか》られた。
「骨を拾ってやるしかないのか」
数之進は哀《かな》しげに漏らす。
突如、両者は激突した。
一合交え、ぱっと身を離す。
力量は互角のようだ。
徹斎の足さばきは、老人とはおもえない。
だが、最後の力を振りしぼっているのがわかる。
肩の傷はひらき、着物が血で染まっていた。
勝負が長びけば、不利になってゆくだろう。
「死ね、老い耄《ぼ》れ」
笠原が踏みこみも鋭く、上段から斬りかかった。
徹斎は斜に受け、返しの一撃で袖口を断つ。
ふたたび、両者は弾かれたように離れた。
「ふっ、所詮は袖までよ」

笠原のことばは、けっして強がりではない。

徹斎の太刀筋は、あきらかに見切られている。

それでも、数之進は手出しを控えた。

一対一の真剣勝負に、水を差すわけにはいかぬ。

それが侍の心得とおもえば、木偶《でく》の坊となって佇むしかない。

「徹斎、遊びは仕舞いだ」

笠原は八相《はっそう》に構え、摺《す》り足で迫った。

「ぬりゃ……っ」

白刃が弧を描き、きいんという音が尾を曳《ひ》いた。

受けたはずの刀が、宙に高々と飛ばされている。

徹斎は顔を曇らせ、痺《しび》れた手で脇差しを抜いた。

もはや、勝ち目はない。

「念仏でも唱えておけ」

笠原は身を寄せ、刀を大上段に振りあげた。

「くそっ」

数之進は動けない。

いつのまにか、手下どもに囲まれ、徹斎を救う機会を失っていた。

「不甲斐《ふがい》ない」

何の役にも立てなかった。

ひょうと、秋風が野面を吹きぬけた。

芒が髪のように靡くなか、団子髷のひょろ長い男が近づいてくる。

拾った木刀を肩に担ぎ、裾を割りながら飄々《ひょうひょう》とやってくるのだ。

「浮世殿」

数之進の呼びかけに驚き、徹斎と笠原も振りむいた。

笠原は上段の構えを弛め、口端をねじあげる。

「物好きがもうひとりおったか。おぬし、侍ではないな。町人づれがいったい、何をしにまいった」

「助っ人だよ。おめえさんに勝ち目はねえ」

「何だと」

「いくぜ」

浮世之介は身を沈め、芒ヶ原を駆けぬける。

気づいてみれば、徹斎を差しおき、笠原の面前に迫っていた。

「小癪《こしやく》な」

笠原は上段の一撃を徹斎ではなく、浮世之介に浴びせかける。

刃音が唸《うな》り、空を斬った。

「なに、とあ……っ」

二撃目の水平斬りも、浮世之介には届かない。

蝶《ちよう》のように舞い、易々《やすやす》と逃れてゆく。

徹斎も数之進も、呆気にとられていた。

真剣と木刀では、最初から勝負にならない。

ところが、不思議と負ける気がしないのだ。

浮世之介は間合いを逃れ、木刀を地に突きさした。

「こいつは、おめえさんの墓標だよ」

「何だと」

得物を捨てた浮世之介と対峙し、笠原は戸惑いをみせた。

目標がないときは、手っ取り早く心ノ臓を狙うしかない。

「いやっ」

青眼の構えから、二段突きがくる。

浮世之介は躱しながら、素早く着物を脱いだ。

くるくるっと器用に捻《ひね》り、白刃に巻きつける。

「うぬっ」

捻《ねじ》れた布が蛇のようにからみつき、笠原の動きを止めた。

浮世之介の顔が、息のかかるほどそばまで迫っている。

刹那《せつな》、笠原は右手首をがっちりつかまれた。

「ちょいと痛えよ」

浮世之介は、懐中から「石」を取りだした。

右手に高々と掲げ、瞬時に振りおろす。

「ぎぇっ」

笠原は激痛に顔をゆがめた。

手甲が粉々に砕かれている。

「ほら、爺さん、ぐずぐずするな」

浮世之介は、徹斎を呼びつけた。

「木刀でとどめをさせ」

「かたじけない」

徹斎は地に刺さった木刀を抜き、つつっと身を寄せた。

浮世之介は笠原の股間を膝で蹴り、ぱっと身を離す。

「覚悟」

徹斎は傷の痛みも忘れ、木刀を大上段に構えた。

「兵庫之介の無念を知れい」

顔をあげた笠原の脳天めがけ、木刀を峻烈に振りおろす。

「ぐひぇっ」

仇は地に沈んだ。

「うえっ……ど、どうしたことじゃ」

中尾調所が、後ろで声を震わせた。

手下どもは意気消沈し、数之進の囲みを解く。

徹斎とふたりの助っ人は、ゆっくりと唐松に近づいた。

「待て、来るでない」

調所は狼狽《うろた》えつつも、必死にまくしたてた。

「やめぬか、わしを誰じゃとおもうておる。府中藩の江戸家老ぞ。中尾調所とは、わしのことじゃ。わしを斬っても得にはならぬぞ。うぬらは重罪人として追われ、いずれ捕縛されよう。わしに恩を売っておけ。わるいようにはせぬ。のう、わしの配下になるがよい、どうじゃ」

甘言に乗る気はないが、調所の言い分にも一理ある。

ここで悪人どもを成敗したところで、三年前の謀事が表沙汰になるわけではない。しかも、手下どもは怪我を負っているだけだ。快復すれば、何とでも証言できる。私闘を演じた徹斎のみならず、助っ人の数之進と浮世之介も裁かれるのは必定だ。

「さあ、どうする」

調所に迫られ、数之進は戸惑った。

今さらになって、事の重大さに気づいたような面をしている。

徹斎はといえば、すでに覚悟はできていた。

調所と刺し違える腹だが、数之進と浮世之介のあつかいをはかりかねている。

一方、浮世之介だけは平然としたものだ。

ほんとうに、何らかの策があるのだろうか。

「むふふ、所詮、わしには逆らえぬということさ」

調所が勝ちほこったように笑い、ぎこちなく白刃を抜いた。

「今ここで、朽木安馬を葬ってくれよう。笠原源吾の仕業にいたせばよい。さすれば、事は丸くおさまる。徹斎は嗣子の遺志を継ぎ、わが藩の指南役になればよかろう。このわしが推挙いたそうではないか。そこな浪人も五十俵で召しかかえよう。今どき、五十俵取りの藩士になる口など、どこを探してもあるまい。富籤《とみくじ》に当たったようなものじゃ、のう、ぬはは」

はなしに乗る気はないが、徹斎も数之進も押し黙るしかない。

「ふへへ、莫迦な野郎だぜ」

突如、浮世之介が腹を抱えて嗤いだした。

九

群雲は晴れ、仲秋の名月が顔を出した。

野面は皓々《こうこう》と照らされ、篝火さえ用をなさないほどだ。

浮世之介は嗤いながら、福相寺の裏門を指差した。

「ほら、あれをみな」

小柄な男が、鉄砲玉のように駈《か》けてくる。

「親方、親方」

伝次だ。

背後からは、供人の一団がどっと迫ってきた。

数は五十を軽く超えている。

いずれも狩衣《かりぎぬ》を付け、弓矢を携えていた。

さらには、騎馬武者の一群があらわれた。

十頭ほどだが、蹄《ひづめ》の音も高らかに疾駆してくる。

一群のなかには、際立って毛並みの艶やかな鹿毛《かげ》も混じっていた。

煌《きら》びやかな鞍《くら》にまたがる人物は、貴人の風貌を感じさせる若者だ。

さらに、隊列のしんがりからは、六人の陸尺《ろくしやく》に担がれた網代駕籠が一挺《ちよう》つづいた。

その駕籠が左右に揺れながら先頭に躍りだし、唐松のそばまで近づいてくる。

「ああ、しんどい」

駕籠から降りてきた人物には、見覚えがある。

「満月先生」

浮世之介が呼びかけた。

「おう、浮世殿か。約定どおり、お連れいたしたぞ」

「さすがですね」

徹斎も数之進も、そして、調所もきょとんとしている。

供頭が胸を張り、朗々と叫んだ。

「松平播磨守さま、御成《おなり》い」

隆々とした四肢の鹿毛には、府中二万石を治める若き藩主が騎乗していた。

調所が床几から転げおち、這《は》うようにやってくる。

「と、殿……な、何ゆえ、こちらへ」

「みればわかろう。鷹狩《たかが》りの帰りじゃ」

播磨守は、馬上から凜々しく応じてみせた。

聡明さと雄壮さを兼ねそなえた若大将だ。

「聞けば、熊倉道場の一刻者が嗣子の無念を晴らすべく、果たしあいに挑んだとか。調所よ、一対三十ではあまりに不公平ではないか」

「こ、これは、果たしあいではございませぬ」

「言い訳は聞きたくもない。三年前の謀事も聞いておるぞ。調所よ、おぬしは笠原源吾を焚きつけ、熊倉兵庫之介を亡き者にせしめたのじゃな」

「恐れ多いことを。殿、この調所めに落ち度はございませぬ。すべては、そこな朽木安馬の企みにござります」

「笑止」

「おことばでござりまするが、殿、安馬めは徹斎を刺客に立て、この身を亡き者にせしめようと謀りましてござりまする。ゆえにこうして、逆しまに罠を張ったまでのこと。申しひらきは殿中にて、いかようにもいたしましょう」

「戯《ざ》れ事《ごと》はもうよい。おぬしも安馬も同じ穴の狢、つまらぬ政争に明け暮れ、藩政を顧みようともせぬ。おかげで、国元の領民は困窮しておるではないか。嘆かわしいことじゃ。なれど、満月先生の仰るとおり、すべては暗愚な藩主のせいであろう。深く反省いたさねばなるまい。なれど、そのまえに、膿《うみ》はすべて出してしまわねばな」

「膿、わたしめが膿だと仰る」

「もうよい。それっ、奸臣《かんしん》どもを引っ捕らえよ」

「はは」

家来衆が一斉に動いた。

調所も安馬もひとくくりにされ、笠原の遺体ともども引かれていった。

あとに残されたのは、徹斎、数之進、浮世之介の三人だ。

播磨守は馬から降り、平伏《ひれふ》す三人のもとに近づいた。

「徹斎、久方ぶりじゃな」

「は」

「そちのことは従前より、気に懸けておった。なにせ、わしは兵庫之介を兄のように慕っておったからな。御前試合の一件はわしの調べ不足、すまぬ、辛いおもいをさせたな」

「もったいない。殿のおことばを拝聴できただけで充分にござります」

「さようか」

「はい」

「見事、本懐を遂げたな」

「恐れながら、親が子の仇を討つのは御法度、いかなるお裁きもお受けいたす所存にござります」

「私闘じゃと申すか」

「御意。ただ、殿にお願いが」

「何じゃ」

「ここにおりますふたりは、拙者とは関わりのない者たちにござります。どうか、寛大なお裁きを」

「安心せい。おぬしら三人を裁けば、兵庫之介に草葉の陰から叱られる」

「と、殿」

「申したであろう。わしは鷹狩りの帰りに立ちよったまで、ここで何が起ころうとも知ったことではない。ふふ、満月先生に教わったのじゃ。老いてなお志を保ちつづける者を労《いたわ》れと。それが孝の精神じゃとな」

「あ、ありがたきおことば」

徹斎は俯《うつむ》き、溢《あふ》れる感情を必死に抑えた。

播磨守は小首をかしげ、浮世之介に声を掛ける。

「そなたが、狢亭の亭主か」

「いかにも」

「満月先生に聞いておるぞ。そなた、生き仙人らしいの。ろくに働きもせず、霞《かすみ》を食って暮らしておるというではないか。おもしろい、近々、遊びに伺ってもよいかな」

「狢になりたければ、いつでもどうぞ」

「はは、されば、そういたそう」

さらに、播磨守は数之進にも声を掛けた。

「おぬし、浪人者か。助っ人、ご苦労であったな。あとで褒美をとらせよう」

「へへえ」

としか、数之進は言えない。

播磨守は踵《くびす》を返し、颯爽《さっそう》と愛馬にまたがった。

浮世之介がつつっと近寄り、何をおもったか、殿様に飴玉を手渡す。

「どうぞ、のどの渇きをお癒しください」

「ふふ、もらっておこう。さらばじゃ」

手綱を引いて馬首をかえし、播磨守は蹄の音も高らかに遠ざかっていく。

遠くで、満月先生と伝次が手を振っていた。

伝次は馬の口を取らせてもらったらしく、鼻高々だ。生涯一の自慢にする気だろう。

やがて、芒ヶ原は静寂につつまれた。

誰ひとりひとことも喋らず、満月を眺めている。

数之進は、夢をみているような心持ちだろう。

徹斎が唇《くち》もとを震わせ、ぼそりと吐きすてた。

「してやったり、兵庫之介」

皺《しわ》顔は涙で濡れている。

浮世之介は両手を合わせ、満月に感謝の祈りを捧《ささ》げた。

死ぬがよく候〈一〉 月

坂岡 真

ISBN978-4-09-406644-9

さる由縁《ゆえん》で旅に出た伊坂八郎兵衛は、京の都で命尽きかけていた。「南町の虎」と恐れられた元隠密廻り同心も、さすがに空腹と風雪には耐え切れず、ついに破《や》れ寺《でら》を頼り、草鞋《わらじ》を脱いだ。冷えた粗菜にありついたまではよかったが、胡散臭《うさんくさ》い住職に恩を着せられ、盗まれた本尊を奪い返さねばならぬ羽目に。自棄《やけ》になって島原の廓《くるわ》に繰り出すと、なんと江戸で別れた許嫁《いいなずけ》と瓜二つの、葛葉《くずのは》なる端女郎《はしじょろう》が。一夜の情を交わした翌朝、盗人どもを両断すべく、一条戻橋《いちじょうもどりばし》へ向かった八郎兵衛を待ち受けていたのは……。立身《たつみ》流の秘剣・豪撃《こわうち》が悪党を乱れ斬る、剣豪放浪記第一弾！

小学館文庫
好評既刊

死ぬがよく候〈二〉 影

坂岡 真

ISBN978-4-09-406659-3

江戸町奉行所が飼っていた元隠密廻り同心「南町の虎」こと、伊坂八郎兵衛は、廻国中に行き着いた加賀金沢で、武家の妻女から、「夫の利き腕を折ってほしい」と頼まれた。冨田《とだ》流小太刀を遣う夫の上川兵馬を、御前試合に勝たせるわけにはいかないという。涙ながらに訴える志乃に、心ならずも兵馬の右肘を外してやった八郎兵衛だったが、なんと戻り道で闇討ちされ――。半死半生で真相を探ってみれば、兵馬の妻はすでに死んでいるうえ、御前試合には莫大な金が動いており、腐れ藩士が謀略まで企てていると知れて……。立身《たつみ》流の剛剣が唸りを上げる、剣豪放浪記第二弾。

小学館文庫
好評既刊

死ぬがよく候〈三〉 花

坂岡 真

ISBN978-4-09-406683-8

日本一の盗賊霞《かすみ》の丑松《うしまつ》か否かを見極めてほしいと、越後出雲《いずも》崎《ざき》の代官に頼まれた伊坂八郎兵衛。拷問蔵へと渋々向かったが、縄で繋がれた男を目にした途端、勘が働いた。素知らぬ顔で数日——。出雲崎から離れ、小千谷《おぢや》で宿を取った八郎兵衛に、泣きぼくろのある女が近づいてきた。嘘か真か、女は丑松の情婦おきくと名乗り、丑松殺しを引き受けてくれとまで言う……。賞金首となりながらも、次々に襲いかかる刺客たちを返り討ちにする八郎兵衛。しかし、中山道板橋宿で思いも寄らぬ〈七曲がりの罠〉が仕掛けられていた⁉　悪党を薙《な》ぎ倒す、大反響の剣豪放浪記第三弾！

小学館文庫
好評既刊

死ぬがよく候〈四〉 風

坂岡 真

ISBN978-4-09-406736-1

三年ぶりに江戸へ戻ってきた、元隠密廻り同心の伊坂八郎兵衛。残虐な盗賊百足《むかで》小僧から狙われているという蝦夷《えぞ》屋利平の警固をしていたある日、元上役で吟味方《ぎんみかた》与力だった田所采女《うねめ》の屋敷門前に立つ京香に目を奪われる。窶《やつ》れた元許嫁《いいなずけ》の姿に忸《じく》怩《じ》たる思いを抱いて数日、蝦夷屋に押し込んできた百足小僧を斬り捨てたが、なぜか利平が行方不明に。しかも田所の奸計《かんけい》により、殺しの罪を着せられ、捕縛までされてしまう。拷問蔵で責め殺される寸前、思いも寄らぬ人物に助けられた八郎兵衛は、驚愕の事実を聞き、一路奥州街道を北へ向かう。絶好調の剣豪放浪記第四弾！

小学館文庫
好評既刊

死ぬがよく候〈五〉
雲

坂岡 真

ISBN978-4-09-406748-4

元隠密廻り同心の伊坂八郎兵衛は、今では蔭間茶屋に用心棒として居候している。今日も侍が取《とり》籠《こも》ったとの報せを受けて、駆けつけてみれば、刀を抜いた男は古河藩の勘定方を勤める向井誠三郎と名乗るではないか。なんでも出世のために上司の楡《にれ》木《き》源《げん》太夫《だゆう》に賄賂《まいない》を贈り、さらに家中随一の美人と評される妹・琴乃まで、酒乱の息子・兵庫の後妻に捧げたという。が、昇進の約束を反故《ほご》にされたうえ、逐電した妹を成敗しろと、無法な命を下されたらしい。哀れな兄妹を救わんと、古河藩の筆頭家老に直談判すべく、八郎兵衛は日光街道を北上するも——。剣豪放浪記最終巻！

小学館文庫
好評既刊

人情江戸飛脚 月踊り

坂岡 真

ISBN978-4-09-407118-4

どぶ鼠の伝次は余所様《よそさま》の隠し事を探る商売、影聞きで食べている。その伝次、飛脚を商う兎屋の主で、奇妙な髷《まげ》に傾《かぶ》いた着物をまとう粋人の浮世之介にお呼ばれされた。瀟洒《しようしや》な棲家《すみか》狢亭《むじなてい》に上がると、筆と硯《すずり》を扱う老舗大店の隠居・善左衛門が――。倅の嫁おすまに悪い虫がついたらしく、内々に調べてほしいという。「首尾よく間男と縁を切らせたら、手切れ金の一割、千両なら百両を払う」と約束する隠居に、生唾を飲み込む伝次。ところが、思わぬ流れとなり、邪な渦に吞み込まれ……。風変わりで謎の多い浮世之介とともに弱きを救い、悪に鉄槌《てつつい》を下す、痛快無比の第一弾！

―――本書のプロフィール―――

本書は、二〇〇八年七月に徳間文庫から刊行された『影聞き浮世雲　ひとり長兵衛』を、改題・改稿して文庫化したものです。

小学館文庫

人情江戸飛脚《にんじょうえどびきゃく》 ひとり長兵衛《ちょうべえ》

著者 坂岡《さかおか》 真《しん》

二〇二二年三月九日 初版第一刷発行

発行人 石川和男
発行所 株式会社 小学館
〒一〇一-八〇〇一
東京都千代田区一ツ橋二-三-一
電話 編集〇三-三二三〇-五九五九
販売〇三-五二八一-三五五五
印刷所 ——— 中央精版印刷株式会社

ISBN978-4-09-407128-3